THE OMNIPOTENT
BRACELET

전능의 팔찌 2부 25

김현석 현대 판타지 장편소설

초판 1쇄 찍은 날 § 2025년 10월 24일
초판 1쇄 펴낸 날 § 2025년 10월 31일

지은이 § 김현석
펴낸이 § 서경석

총괄팀장 § 황창선
편집책임 § 박현성
디자인 § 스튜디오 이너스

펴낸곳 § 도서출판 청어람
등록번호 § 제387-1999-000006호
등록일자 § 1999. 5. 31
어람번호 § 제1-3246호

본사 § 경기도 부천시 부일로 483번길 40 서경B/D 3F (우) 14640
편집부 § 서울특별시 구로구 디지털로 272 한신IT타워 404호 (우) 08389
전화 § 02-6956-0531 팩스 § 02-6956-0532
http://www.chungeoram.com
E-mail § chungeorambook@daum.net

ISBN 979-11-04-92543-6 04810
ISBN 979-11-04-92499-6 (세트)

전능의 팔찌

2부

THE OMNIPOTENT
BRACELET

김현석 현대 판타지 소설

25

도서출판
청어람

전능의 팔찌 2부

THE OMNIPOTENT
BRACELET

목차

25권

Chapter 01

—

밥 좀 많이 먹어

"어서요! 아잉~!"

짐짓 아양을 떠니 더 심하게 흔들리고 있다. 그런데 훤히 비치는 쉬폰 블라우스라 못 볼 수가 없다.

현수는 방송관계자나 유투버가 아니다. 그러니 몰래카메라 같은 건 생각지도 않는다.

그럼에도 혹시 역몰카를 당하는 건 아닌가 싶어 주변을 두리번거렸다. 너무 당혹스러웠던 것이다. 하여 얼른 시선을 발밑으로 옮기며 물었다.

"진짜야?"

"네. 진짜요! 새 신발이라 뒤꿈치가 아파요."

말은 이렇게 했지만 사실은 아니다.

진짜 새 신이라 약간 조여져서 불편하긴 하지만 통증이 느껴지거나 못 참을 정도는 아니다.

사실 얼마 걸은 것도 아니라 아직은 뒤꿈치 껍질이 까지는 등의 일이 일어날 수 없다.

그래도 이런 때 앙큼해보지 언제 그래보겠는가! 하여 짐짓 아픈 것처럼 살짝 이맛살을 찌푸린다.

장자(莊子)에는 '동시효빈(東施效嚬)', '서시빈목(西施嚬目)'에 관한 고사가 전해진다.

월나라 미녀 서시에게는 가슴앓이 병이 있었다. 하여 자신도 모르게 이마를 찌푸린 채 걷곤 하였다.

한편, 같은 마을에 동시(東施)라는 추녀가 살았는데 서시의 이런 모습이 너무 어여뻐 보였다.

하여 이마를 찌푸리고 걸으면 절로 아름답게 보이는 줄 알고 본인도 얼굴을 찡그린 채 걸었다.

가뜩이나 못생겼는데 인상까지 쓴 것이다. 그 모습이 어떠했겠는가! 마을 사람들은 차마 그 꼴을 보고 싶지 않아 아예 대문을 닫아걸고 외출을 삼갔다.

이것이 서시빈목과 동시효빈이 유래된 이야기이다.

이 둘을 직역하면 '서시가 눈살을 찌푸린다.'와 '동시가 따라서 찡그린다.'는 뜻이다.

속뜻은 '주제 파악 못 하고 남의 흉내나 내면 세상 사람들의 웃음거리가 될 수 있음'을 일컫는 것이다.

참고로, 서시는 왕소군, 초선, 양귀비와 더불어 지나 역사상 최고의 미인으로 꼽힌다.

아델리나 역시 굉장한 미인이다.

그런데 전생이 서시였는지 살짝 아픈 척하며 찡그리는데 그 모습이 너무나 매혹적이었다.

수많은 미인들에 의해 단련된 현수조차 다시 한번 얼굴을 살피게 할 정도였던 것이다.

"알았어. 업어줄게."

현수가 쪼그려 앉으며 등을 내주자 때는 이때다 싶었는지 얼른 업힌다.

아델리나는 요 며칠 한국영화와 드라마에 푹 빠져 있다.

본래 목적은 생활 한국어를 익히는 것인데 그만 헤어나지 못할 중독의 늪에 빠져들고 만 것이다.

뭐, 밀라와 올리비아도 크게 다르지 않다.

어제는 셋이서 2016년에 개봉된 영화 도경수, 김소현 주연 멜로물인 '순정'을 보았다.

이 영화에서 김소현은 다리가 아픈 소녀이고, 외출 자체가 어려운 것으로 설정되어 유독 업어주는 장면이 많다.

밀라와 올리비아는 영화가 끝나자마자 업히는 연습을 해야 한다며 부산을 떨었다. 그리곤 서로가 서로를 업어주며 한참을 깔깔거리며 웃었다.

그러다 아델리나에게도 업혀보라고 하였다.

언제, 어디에서 현수의 등에 업히는 기회가 올지 모르지만 그때를 대비해야 한다는 것이다.

하여 어린아이처럼 그냥 업혔는데 그러면 안 된다며 시범을 보여줬다. 최대한 앙큼해야 한다면서 가슴을 등에 밀착시키는 연습을 하게 했던 것이다.

그러면서 이렇게 말하였다.

"사내들을 녹이는 데는 뭉클한 느낌만 한 것이 없대."

"맞아 이거 한 번 느끼잖아? 그럼 어떻게 되는지 알아?"

"어떻게 되는데?"

"그럼 밤에 잠을 못 잔대. 깔깔깔!"

"맞아, 맞아! 깔깔깔!"

밀라와 올리비아는 한참을 깔깔거리며 웃었다.

그런데 아델리나는 한 번도 들어보지 못한 이야기이다.

연애 경험이 없고, 멜로영화나 드라마는 즐기지 않았다. 그리고 남들 연애하는 걸 봐서 뭐 하냐고 생각한다.

그럴 시간이 있으면 차라리 '닥터 지바고' 같은 명작영화를 본다. 영상과 음향 모두 수작(秀作)인 이런 영화를 보면 배울 점이 있어서 좋아하는 것이다.

해외 사극도 좋아한다. 드라마를 보면서 다른 나라의 풍습과 역사 등을 배울 수 있기 때문이다.

그런데 동아시아 3국 중 일본과 지나의 것은 보지 않는다. 너무 이상해서 몰입되지 않기 때문이다.

일본 사극에 등장하는 여성은 눈썹을 모두 밀고 이마 위쪽에 가짜 눈썹을 그리거나, 분칠한 하얀 얼굴에 이빨만 까맣게 나온다. 마치 무슨 괴물을 보는 듯한 느낌이다.

지나의 사극엔 괴랄한 헤어스타일이 등장한다.

앞머리는 삭발이고, 뒤쪽은 댕기 머리이다.

이게 너무 언밸런스하게 보여서 드라마 내용이 눈에 들어오지 않는다. 하여 딱 한 편, 그것도 앞부분 일부만 보고 가차 없이 리스트에서 지워버렸다.

다만 한국의 것은 너무 괜찮았다. 가장 먼저 본 것은 2006년작 드라마 '황진이'였다.

드라마 속 풍경과 인물 모두 상당히 좋았다.

특히 주인공 역을 맡은 배우 '하지원'은 같은 여자라도 너무 예쁘다는 말이 절로 나올 정도로 매혹적이었다.

반면, 일본 배우들의 표정은 심하게 과장되어 보였다.

왜 그런가 싶었는데 누군가 애니메이션과 비슷하게 하려고 그래서 그렇다고 한다.

그렇다 하더라도 연기력이 너무 처참하다. 아이들 학예회 수준 정도라는 평가를 내렸다.

그렇게 하여 드라마에 몰입할 기회를 원천 차단하려는 것이 목적인 듯싶어 얼른 꺼버렸다.

뜻대로 해줬으니 불만은 없을 것이다.

한편, 한국 배우들의 연기력은 대단했다.

픽션이 가해졌을 것이라는 걸 알지만 보는 내내 마치 실제 역사의 한 장면을 몰래 엿보고 있는 느낌이다.

배역과 완전히 동화된 듯싶다. 실로 대단한 연기력이다.

그래서 다음에 뭐를 볼 것인가 인터넷을 뒤져보았다. 그랬더니 '대장금' 추천이 가장 많았다.

대체 이건 뭔가 싶었다.

어느 한 나라가 아니라 아시아, 유럽, 미주, 동남아, 심지어 중동과 아프리카에서도 강력 추천이었기 때문이다.

하여 리뷰를 봤는데 흥미가 돋는다. 황진이에서 많이 볼 수 없었던 궁궐 이야기들이 나온다는 것이다.

게다가 여성 인권이 거의 땅바닥이던 시절에 스스로의 능력과 끊임없는 노력, 그리고 올곧은 성품으로 성공기를 그려낸 멋진 인물의 이야기라고 한다.

하여 무조건 보겠다고 생각했다. 그런데 엄두가 나지 않는다. 24부작인 황진이를 보고도 진이 다 빠졌다. 사흘 동안 몰아봐서 그러하다. 그런데 대장금은 무려 56부작이다.

보기도 전에 압도당한 느낌이었던 것이다.

또 다른 강력 추천작이 있다. 64부작인 '허준'이다. 한국의 전신인 조선시대 때 전통 의사 이야기라고 한다.

16세기의 러시아는 이반 4세가 공포정치를 하던 때이고, 학살과 약탈이 아무렇지도 않던 시절이다.

이런 때의 조선 의술은 어땠을까 싶은 마음이다.

드라마이니 약간의 픽션이 가미되었겠지만 그래도 실존 인물의 이야기라고 하니 더욱 흥미가 돋았다.

물론 너무 길어서 시작도 못 했다.

이밖에 지난 2004년에 KBS가 제작한 '불멸의 이순신' 도 많은 추천을 받았다. 일본이 일으킨 침략전쟁을 막아낸 전쟁 영웅 이야기라고 한다. 이건 무려 104부작이다.

하루에 10편씩 봐도 11일이나 걸리는데 이는 모든 일상이 정지된 상태가 아니라면 거의 불가능에 가깝다.

하루 5편이면 21일이고, 3편이라도 35일이나 걸린다. 문제는 한번 시작하면 중간에 끊을 수 없다는 것이다.

한국 드라마의 주요 특징 중 하나가 중독성이다.

그러니 모든 스케줄을 뒤로 하고, 먹을 것 등을 완벽하게 챙기지 않았거든 시작도 하지 말라는 충고의 말이 있었다.

어쨌거나 '해를 품은 달' 과 '추노', '태왕사신기' 도 강력 추천작이다. 전자는 20부, 후자 둘은 24부작이다.

이것도 길다 싶어 눈여겨보아 두기만 했을 뿐이다.

검색을 하면서 깜짝 놀라기도 했다.

'태조 왕건' 은 무려 200부작이다. 그리고 '여인천하' 는 150부작, '대조영' 은 134부작이다. 불멸의 이순신보다도 길다.

이를 본 아델리나는 한국인들은 모두 미쳤거나, 미쳐가는 중이라 생각하였다.

중독성 만렙인 드라마들을 어찌 이렇듯 길고 긴 이야기로 만들어 놓았는지 너무도 놀라웠기 때문이다.

아무튼 아델리나는 동아시아 3국의 사극 중 한국 것만 보기로 했다. 일본과 지나의 것은 완전히 관심 밖이다.

그런데 뭉클한 것이 사내들을 홀린다는 건 보거나 들은 적 없는 이야기이다.

하여 무엇이 근거냐고 물었더니 정확히 기억나지는 않는다고 하였다. 다만 어떤 한국 드라마인지 영화에서 본 것만은 확실하다고 했다.

그래놓고는 영화나 드라마의 대본을 쓰는 한국 작가들은 꼬투리 잡히지 않으려고 자료조사에 철저하다고 하였다.

다시 말해 신빙성 있다는 이야기이다.

결국 아델리나도 업히는 연습을 하였고, 어떻게 하면 업히면서 뭉클함을 선사하는지를 확실히 알게 되었다.

살짝 남세스러웠지만 반드시 필요한 기술이다. 하여 방금 전에 그 기술을 현수에게 썼다.

그런데 반응이 없다. 하여 뭐가 잘못된 건지를 생각하며 고개를 갸우뚱거린다.

한편, 무릎을 펴고 일어선 현수는 자세를 제대로 잡기 위해 살짝 들썩였다. 그리곤 입을 연다.

"우리 아델리나, 밥 좀 많이 먹어야겠네."

"네? 밥을 많이 먹어요? 왜요?"

"깃털처럼 가벼워서. 바람 불면 날아갈 거 같은데?"

짐짓 하는 농담이다.

"에이, 아니에요. 제가 얼마나 뚱뚱한데요."

168㎝에 53㎏ 정도면 결코 살찐 체형이 아니다. 보기에도 늘씬한데 본인만 뚱뚱하다 느끼는 모양이다.

이럴 때 식사량을 줄이거나 아예 건너뛰는 여성들이 많다.

그건 결코 좋은 방법이 아니다. 먹는 것을 그대로 두고 운동으로 조절해야 한다.

체중을 줄이기 위해 굶는 것은 몸을 망치는 지름길이다.

현수가 이 이야기를 꺼낸 건 마땅한 화제가 없었고, 아델리나가 식사할 때마다 깨작거리는 걸 보았던 때문이다.

"지금이 딱 좋아. 여기서 살 더 빼지는 마. 알았지?"

"보기 좋아요?"

은근한 칭찬이라도 바라는 듯한 뉘앙스이다.

이런 땐 호응해주는 것이 좋다. 돈 드는 일도 아니고 말 몇 마디 하는 것은 전혀 힘들지 않기 때문이다.

"그래! 무슨 모델 보는 거 같아. 늘씬하잖아."

"치이! 모델들은 저보다 키가 크거든요."

현수는 못 보았지만 아델리나는 살짝 입술을 삐죽인다.

엊그제 드라마에서 본 것이다. 밀라가 말하길 남자들이 반하게 되는 포인트가 될 수 있다고 해서 배웠다.

이걸 저도 모르게 시전한 것이다. 그런데 현수가 볼 수 없는 위치였다. 오발탄을 쏜 것이나 마찬가지이다.

"그래? 근데 남자들이 전부 키 큰 여자를 좋아할까?"

"아니에요?"

"응! 아냐."

이건 확실하다. 현수 본인도 키가 너무 큰 여인은 왠지 이성으로 느껴지지 않는다.

"그래요? 그럼, 대표님은 어떠신데요?"

"나? 나는 딱 아델리나 같은 사이즈가 좋아."

"쳇! 그 거짓말 진짜예요?"

이 대목에서 '응'이라고 하건 '아니'라고 하건 다 거짓말이라는 뜻이 된다. 어찌 이런 쉬운 함정에 빠지겠는가!

"거짓말 아냐! 암튼 지금보다 살을 빼면 엉덩이를 때려줄 거야. 그러니까 많이 먹고 열심히 운동해."

말은 이렇게 했지만 조만간 쉐리엔 분말이 든 캡슐을 공급받게 될 것이다. 아무리 많이 먹어도 절대로 살찌지 않게 하는 기적의 물질이다.

*　　　　　*　　　　　*

인체에 무해한 천연 원료로 제작된 것이고, 아공간에 엄청나게 많은 양이 보관되어 있다.

그런데 아델리나로부터 아무런 반응이 없다. 엉덩이를 때려 준다는 농담을 이상하게 받아들인 때문이다.

이때 현수가 다시 고쳐 업었다. 아델리나의 허벅지를 받쳐 들고 있었는데 그 자세가 불편한 듯싶어서이다.

"……! 진짜 엉덩이를 때려요?"

"응! 살 빼려고 굶고 그러면."

무심코 한 대답이다.

"알았어요. 안 뺄게요."

말을 하며 목에 감은 팔을 조금 조인다.

더 바싹 업힌 것이다. 이때 바람의 방향이 바뀌면서 아델리 나로부터 향긋한 샴푸향이 전해졌다.

애경이 만든 케라시스 러블리 & 로맨틱 퍼퓸 샴푸의 냄새 이다. 그중 프리지아(Freesia)향이다.

프리지아는 애타게 짝사랑하던 나르시스가 죽자 그 뒤를 이어 죽고 말았다는 숲의 요정이다.

신이 이런 순애(殉愛)[1] 에 감동하여 꽃으로 만들어주었고, 달콤한 향기까지 불어넣어 줬다는 전설이 있다.

그래서 그런지 은은하면서도 달콤한 향이 아주 괜찮았다.

현수에게는 일종의 페로몬처럼 느껴졌다. 갑자기 확 끌리는 기분이 들었던 것이다.

---

1) 순애(殉愛) : 사랑을 위하여 모든 것을 바침

이런 걸 모르는 아델리나는 목을 감고 있던 팔 중 하나를 들어 해변을 가리킨다.

"우리, 저기 저쪽으로 가봐요."

팔을 움직이니 뭔가 등에서 느껴지는 촉감이 있다. 뭉클한 무엇인가로 하는 자극이다. 이게 뭔지 어찌 모르겠는가!

현수는 살짝 민망했다.

아델리나는 지난 1월 15일에 처음 만났다. 오늘이 28일이니 이제 겨우 13일 본 사이이다.

유교를 신봉하던 대한민국에서도 원나잇이 횡행하기는 한다. 그래서 사방천지가 모텔이고, 인적 드문 외딴 곳에서도 모텔 간판을 쉽게 찾아볼 수 있는 모양이다.

이러니 서로를 열렬히 사랑하는 마음이 없더라도 쉽게 거사를 치를 수 있다.

그렇게 하고는 하룻밤 인연으로 끝내도 푸틴은 뭐라 하지 않을 것이다. 오히려 뭐가 마음에 안 들어 그랬을까를 분석하고는 새로운 대안을 준비시킬 것이다.

아델리나를 하룻밤 인연으로 하고 퇴짜를 놓으면 아마 성사될 때까지 계속해서 미녀들을 보낼 것이다.

현수와 친해지고 싶어서인 것도 이유겠지만 그보다는 혈연으로 맺어두어야 마음 편하기 때문일 것이다.

아무튼 아델리나는 그냥 하룻밤 인연으로 삼으라고 보내준 것이 아니다. 그러니 함부로 대해선 안 된다.

그럴 이유도 없지만 그건 한 여인의 존엄성을 훼손하는 일이기도 하다. 하여 나직한 헛기침을 하고는 방향을 튼다.

"허험, 그럴까?"

현수는 주변 풍광을 눈에 넣으며 해변 쪽으로 향했다. 그러다 입을 연다.

"여기 와서 뭐 불편한 거 없었어?"

"네, 없어요."

"전도양양한 공무원을 여기로 보내서 싫지는 않았고?"

아델리나는 한국으로 치면 기획재정부 소속 7급 공무원이었다. 대학에서 배운 전공을 활용할 수 있는 부서였다.

가장 마지막으로 작성한 기안은 펀더멘탈(Fundamental)[2] 중 물가상승률에 관한 것이다.

외화 보유고를 획기적으로 늘리는 방안을 모색해야 한다는 다소 원론적인 내용이었다.

또 다른 기안서는 주가 모멘텀(Momentum)[3] 을 분석하는 기술의 필요성을 역설한 것이다.

주식시장이 해외자본에 의해 마구 휘둘릴 수 있는 취약점이 있으니 한시바삐 개선하자는 의견인 것이다.

둘 다 지극한 애국심을 기초로 한 기안이었지만 실물경제

---

2) 펀더멘탈 : 한 나라의 경제상태를 표현하는데 있어 가장 기초적인 자료가 되는 성장률, 물가상승률, 실업률, 경상수지 등의 주요 거시경제지표
3) 모멘텀 : 주가 추세의 속도가 증가하고 있는지, 아니면 감소하고 있는지를 추세 운동량으로 측정하여 나타낸 지표의 뜻

와 괴리감이 있어 통과되지 못하고 반려되었다.

이에 아델리나는 왜 본인의 기안이 통과되지 않는지를 따지려고 상사의 사무실로 찾아갔다.

그런데 전혀 예상치 못한 상황과 맞닥뜨렸다. 러시아 대통령의 호출이 기다리고 있었던 것이다.

잔뜩 긴장해서 크렘린 궁으로 향했고, 믿기지 않게 자애로운 미소를 짓고 있는 푸틴을 만나게 되었다.

그리곤 2급 공무원인 공사급 외교관에 임명할 테니 나라를 위해 일해 달라는 제안을 받았다.

그것이 펀더멘탈과 주가 모멘텀을 개선하는 것만큼 중요한 임무라는 것에 동의하지 않을 수 없었다.

이 세상 어디에도 러시아에 2,000억 달러에 상당하는 통화 스와프를 제공하겠다는 국가가 없다는 걸 너무나 잘 알기 때문이다.

펀더멘탈과 모멘텀을 개선하는 것은 정부가 모든 역량을 동원해도 이루지 못할 수 있는 일이다.

하지만 세계적인 투자자인 하인스 킴의 마음을 얻는 것은 본인 하나만 노력하면 될 수도 있다.

그렇기에 기꺼이 이 임무를 맡겠다고 하였다.

멋진 사내를 만나 불같은 사랑을 하고, 예쁜 자식들을 낳아 평생 행복한 가정을 꾸리는 것은 포기해야 했다.

그럼에도 하겠다고 한 이유는 왠지 영화 같은 삶을 살 수 있을 것 같다는 예감이 든 때문이다.

제1차 세계대전 당시 세상을 떠들썩하게 만들었던 세기의 스파이가 있다. 어느새 미녀 스파이의 대명사가 된 '마타 하리(Mata Hari)'가 그녀이다.

그녀는 프랑스와 독일 양쪽에서 간첩 활동을 했다.

처음엔 프랑스의 정보를 빼돌렸는데 나중엔 독일의 정보도 빼돌렸다. 다시 말해 이중간첩 활동을 했던 것이다.

마타 하리가 빼낸 고급 정보는 전쟁의 향방이 바뀌게 할 아주 중요한 기밀이었다. 그러다 결국 프랑스에 의해 체포되었고, 총살형으로 삶을 다 했다.

아델리나도 007 같은 첩보영화를 보았다. 그래서 러시아를 위해 일하게 된 것을 영광이라 생각했다.

그 과정에서 본인의 순결과 미래는 어찌 되어도 좋다는 마음으로 이곳에 왔다.

그런데 심각한 문제가 있다. 목표물과 접선하는 것까지는 성공적이었는데 가까이 다가갈 수가 없었던 것이다.

게다가 쟁쟁한 상대들이 이미 포진해 있었다. 호시탐탐 기회를 노리는 것 같은데 아무도 성공하지 못하고 있다.

무릇 첩보원이라면 신분을 드러내지 않는 은밀함이 있어야 한다. 그런데 속내까지 전혀 감추지 않는 것 같다.

가끔은 정말 아슬아슬한 옷만 걸친 채 근처를 서성이기도 했다. 대놓고 유혹하고 싶다는 몸짓이다.

그럼에도 성공하지 못하고 있음은 작은 위안이다.

본인이 첫 번째로 목적을 이루면 조국에 더 많은 기회와 혜택이 갈 수 있을 것이라는 기대 때문이다.

또 다른 문제점은 목표물에 있었다.

거의 목석(木石)에 가까운지라 미인계가 먹히지 않는다.

어쩌면 고자가 아닐까 생각을 했고, 한때는 트랜스젠더일 수도 있다는 상상을 했다.

헐벗은 절세미녀들이 바로 곁에서 대놓고 유혹해도 한눈 한번 파는 걸 못 보았기 때문이다.

아델리나가 보기에도 밀라와 올리비아는 늙고, 뚱뚱하고, 못생긴 것과는 몇 광년쯤 떨어진 초 미녀들이다.

그러니 이런 발칙한 생각과 추측은 어쩌면 지극히 합리적인 의문일 것이다.

아무튼 밀라와 올리비아, 그리고 이화와 가까이 지내는 동안 하인스 킴이 얼마나 좋은 사람인지를 깨닫게 되었다.

늘 예의 바르고, 상냥하며, 배려심 깊다.

세계 최고의 부자이자 천재라면 얼마든지 콧대 높고, 오만하며, 불친절해도 된다.

아울러 웬만하면 무례하고, 싸가지가 없을 것이다. 그런데 전혀 아닌지라 저도 모르게 마음이 열리고 있었다.

게다가 어마어마한 예술적 소양까지 갖추고 있다. 언론에선 대가급을 뛰어넘는 실력이라고 극찬했다.

그래서 갈등했다. 정부를 위해서라면 하루라도 빨리 현수를 유혹해서 더 많은 혜택이 가도록 조종해야 한다.

물론 그 임무는 결코 쉽지 않을 듯하다.

그런데 그보다는 현수의 곁에서 행복한 삶을 사는 미래를 더 꿈꾸게 된 것이다.

본인을 포함하여 이곳에 있는 여인만 다섯이다. 다들 예쁘고, 명석하며, 늘씬하다.

밀라와 올리비아는 각각의 모국에서 전폭적으로 밀어주는 것 같다.

이화도 그랬다는데 그쪽은 아예 나라 전체를 헌납하겠다고 나섰다. 이 정도면 감당할 수 없는 핵폭탄급 지원이다.

당연히 질투하는 감정이 생겨야 하는데 그렇지 않다.

모두가 상냥하고, 친절하게 대하고 있다.

본인이 경쟁자라는 걸 뻔히 알면서도 다들 왜 이럴까 의심도 해보았는데 아무래도 진심인 것 같다.

새로 합류한 본인을 함께 뭔가를 이뤄가야 할 동료로 여기는 듯하다.

이러면 미워할 빌미조차 없으니 환장할 노릇이다.

"여기 와서 대표님이랑 있어서 너무 좋아요."

"나랑? 같이 한 시간이 거의 없었잖아."

바둑 때문에 시간을 보냈고, 나머지 시간엔 콘서트를 준비하느라 떨어져 있었다. 처음 만났을 때와 가끔 모여서 식사할 때만 보았을 뿐이다.

"그게 너무 아쉬워요. 대통령님은 여기 오기만 하면 대표님이 아주 잘 대해주실 거라고 하셨거든요."

짐짓 가해보는 압박이다. 이 세상에 누가 있어 푸틴의 압력을 가벼이 여기겠는가!

"그랬어? 몰랐네. 근데 이 정도면 잘해주는 거 아닌가?"

"네…?"

"다리 아프다 하여 이렇게 업어주고 있잖아."

"……!"

아델리나는 잠시 아무런 말도 하지 못했다.

그러고 보니 맨살과 맨살이 닿고 있다.

현수의 팔뚝과 본인의 허벅지이다. 그리고 본인의 가슴은 이 사내의 등과 완전히 밀착되어 있다.

"고마워요."

"고맙긴! 언제든지 다리 아프면 업어달라고 해. 피치 못할 상황만 아니라면 원하는 대로 해줄게."

"……! 약속하신 거예요."

"그래! 근데 저쪽에서 누가 손 흔들고 있네? 난 이러니 아델리나가 대신 흔들어줄래?"

두 손으로 허벅지를 받치고 있으니 흔들고 싶어도 그럴 수 없어 한 말이다.

"네…? 아! 네에."

고개를 들어 살펴보니 대지 경계에 조성한 담장 너머에서 웬 청년들이 펄쩍펄쩍 뛰면서 손을 흔들고 있다.

아델리나 역시 오른손을 들고 힘껏 흔들어줬다. 그랬더니 손나팔을 만들고는 뭐라 뭐라 소리를 친다.

하지만 거리가 멀어서 정확히 들리지 않았다.

"뭐라는지 알아들으셨어요?"

"웅! 공을 차 달라는 것 같은데?"

"네? 공이요? 무슨 공을 말하는 거죠?"

"저기, 저거 말하나 봐."

현수가 고갯짓으로 모래사장 저쪽에 있는 축구공을 가리켰다. 거의 새것이고, 바람 빵빵하게 들어 있는 것 같다.

축구공은 담장으로부터 거의 50~60m 가량 떨어진 곳에 있다. 그리고 보니 저쪽에 축구장이 있는 듯하다.

골대가 보였고, 사람도 여럿 보인다.

축구를 하다 공을 찼는데 마침 불어온 강력한 바람에 날려 이곳까지 굴러온 것이다.

해변에서 바다로 이어지는 이쪽 모래사장은 경사가 있어 꽤 멀리 왔다. 그런데 저쪽에선 담장을 넘어올 수 없다.

《 경고 》

이곳부터는 개인의 사유지입니다.

이것은 방범과 보안을 목적으로 설치된 강력한 전기 담장이니

함부로 넘어오지 마십시오.

이를 무시하고 무단 월담할 경우 고압 전류로 인해 사망에 이를 수 있음을 정중히 경고합니다.

그로 인해 사망하더라도 이쪽엔 아무런 책임이 없음을 미리 고지합니다.

— 주인 백

이런 무시무시한 경고문이 붙어 있으니 감히 담장을 넘어올 생각을 못 하였다. 아울러 여벌 축구공이 없어서 사람이 나타나기만을 기다렸던 모양이다.

Chapter 02

—

도로아미타불

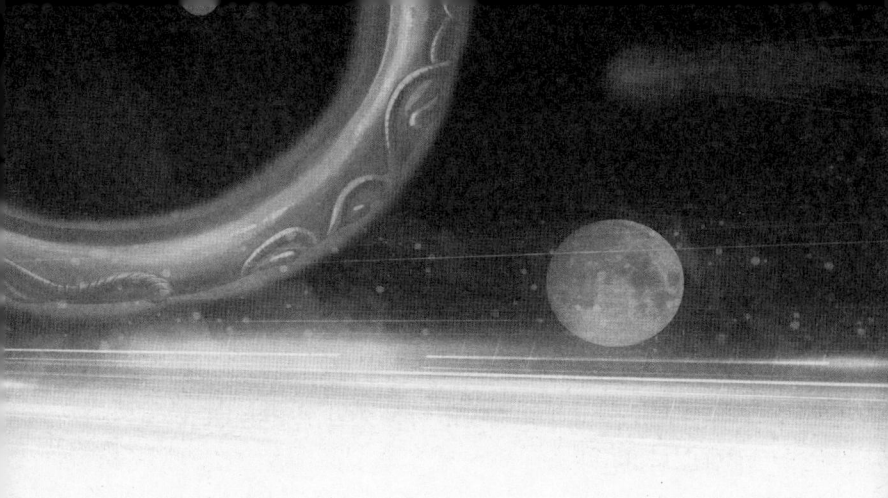

저쪽의 어떤 사내가 큰소리로 외친다.

"거기요! 그 공 좀 가져다주세요. 부탁드려요."

현수의 귀에는 또렷하게 들리지만 아델리나는 아니다. 하여 무슨 소리냐는 듯 눈을 크게 뜬다.

"뭐라는 거예요? 혹시 들으셨어요?"

"공을 차 달라고 하네."

"네? 여기서요?"

"응! 잠시만 내려 서 있어."

아델리나는 등에서 내려오며 거리를 가늠했다. 50~60m 정도 떨어진 곳에 약 2m 50㎝ 높이의 담장이 있다.

"에? 여기서요? 너무 멀잖아요."

현수는 저쪽을 보았다. 골대 안쪽의 골키퍼가 이쪽을 바라보고 있다.

FIFA가 주관하는 국제경기장 규격은 68m×105m이다.

눈대중으로 보아하니 골대까지 거리가 대략 100m 남짓인 듯싶다. 현수는 골대의 위치를 다시 한번 확인하고는 공을 차기 위해 달려간다.

삐—엉!

현수의 발끝을 만난 축구공은 움푹 찌그러지더니 이내 탄력을 얻어 쏘아져 간다. 마치 미사일처럼 치솟은 공은 47m 위치의 높이 2m 50㎝짜리 담장을 훌쩍 넘었다.

그리곤 곧장 골대로 쏘아져 간다. 골키퍼는 섬전처럼 쇄도하는 공을 받아내려 시선을 모았다.

그런데 활처럼 휘어져 오던 공이 심하게 흔들리기까지 한다. 마치 야구의 너클볼 같았다. 공기저항에 따라 수시로 방향을 바꾸는 무회전 슛이었던 것이다.

"헉—!"

출렁—!

"우와아아아아~!"

춤추든 흔들리며 날아오던 공은 소위 야신존이라 불리는 골대 상단 모서리 안쪽을 스치듯 파고들었다.

이를 잡으려다 실패한 골키퍼는 멍한 시선으로 현수를 바라본다.

축구공은 야구공보다 표면적도 크고, 부피도 크다. 그런 것이 총알 같은 속도로 쏘아져 왔다.

이것만으로도 대단하다. 저쪽 골대에서 이쪽 골대까지 단번에 보낸 셈이기 때문이다.

축구 경기를 하다 보면 골키퍼에 의한 골이 종종 나온다.

지난 2008년, 대한민국 축구대표팀은 코트디부아르 대표팀과 친선경기를 치렀다.

이날 경기에서 한국팀 골키퍼 정성룡은 페널티 아크를 살짝 벗어난 지점에서 롱 킥을 했고, 이 공은 두 번 튕긴 뒤 상대편 골대 안으로 들어갔다.

85m짜리 슛이 성공된 것이다. 이는 세계 최장거리 골로 기네스북에 등재되었다.

이 기록이 깨진 것은 2012년이다.

영국 프리미어리그 에버튼의 골키퍼 팀 하워드가 수비수가 패스한 공을 차서 93m짜리 필드 골을 기록한 것이다.

바람이 몹시 불던 날이었는데 중간에 한 번 튕겼던 공이 상대팀 골키퍼의 키를 넘겨 골대 안을 들어간 것이다.

그런데 방금 전의 공은 중간에 한 번도 튕기지 않고 100m가 넘는 거리를 곧바로 날아왔다.

아주 강력한 추진력이 있었다는 뜻이다.

이는 공기저항과 비례한다. 하여 공이 심하게 흔들려서 그

궤적을 눈에 담는 것조차 힘들 정도였다.

그런데 골대를 넘어갈 것 같던 공이 갑자기 뚝 떨어진다. 그리곤 골포스트 안쪽으로 휘어졌다.

골키퍼는 연습 경기에서도 골대 안으로 공이 들어가는 것을 좋아하지 않는다. 하여 공을 잡으려 몸을 날렸다.

그런데 갑자기 반대쪽으로 확 꺾어진다. 그리곤 그쪽 모서리로 들어가 버렸다.

도저히 손을 쓸 수 없는 사이에 한 골을 먹은 셈이다.

골키퍼는 이건 대체 무슨 일인가 싶어 현수 쪽을 바라본 것이다. 그와 동시에 담장 앞에서 공을 가져다달라고 소리치던 청년들의 입에서 탄성이 터져 나온다.

거리와 속도도 놀라운데 그게 골로 연결될 것이라곤 전혀 예상치 못했던 것이다.

이곳에서 축구를 하고 있던 사내들은 독일 국가대표 축구팀 선수들이다. 1.5군이나 2군이 아니라 진짜 1군이다.

2018년 월드컵에서 삼바군단 브라질과 만날 확률이 높다. 우승하려면 반드시 꺾어야 할 팀이다.

하여 기회가 닿는 대로 남미 팀과의 경기를 치르는 중이다. 이번엔 멕시코 국가대표팀과의 평가전을 위해 이동하던 중이었다.

그런데 콘서트 소식을 듣고는 부랴부랴 이곳으로 왔다. 선수 대부분이 다이안의 광팬이었던 것이다.

공연이 끝나면 바로 떠날 예정이었다.

그런데 그러지 못했다. 주변 해역을 강타하고 있는 강력한 태풍 때문에 하루를 더 머물게 된 것이다.

선수들은 하는 일 없이 호텔에 죽치고 있을 수만은 없기에 컨디션 조절을 목적으로 이 축구장을 빌렸다.

문제는 모든 짐을 항공화물로 부쳤다는 것이다. 하여 호텔에서 공 하나를 빌려왔다.

그런데 그 공이 돌풍에 휘말려 담장 너머로 날아갔다.

하여 담을 넘으려는데 붉고 진한 글씨로 쓰인 무시무시한 내용을 담은 경고문이 보였다.

공 하나 때문에 목숨을 버릴 이유는 없다.

그렇다 하여 그냥 가기도 그래서 잠시 머물렀다가 아델리나를 업은 현수를 발견하였다.

하여 공을 넘겨달라고 큰 소리로 부탁했다. 거리가 멀지만 이곳 원주민은 아닌 듯싶다. 피부색이 밝았던 것이다.

아무튼 그 청년은 고개를 끄덕이고는 후다닥 달린다. 이를 보고 투덜거린다.

"어유! 저 바보. 저기서 차면 여기까지 오나?"

"그러게 말이야. 담이 꽤 높지?"

"응! 2m 50㎝쯤 되는 거 같아."

"저기서 차면 담에 걸려서 떨어지겠네. 근데 이거 고압 전류가 흐르는 담장이면 어떻게 되는 거지?"

"뭐, 공은 사람이 아니니 괜찮지 않겠어?"

"그럼, 저기 저 뾰족한 창살에 꽂히면?"

"그럼 터지겠지."

"쩝, 그렇게 안 되길 빌어야겠군."

이런 대화를 할 때 담장을 훌쩍 넘어간 공이 골대 안에 꽂혀 버린 것이다. 그런데 그 궤적이 무시무시하다.

공에 눈이라도 달린 듯 골대 앞에서 뚝 떨어지더니 좌에서 우로 횡적인 움직임을 보인 것이다.

골키퍼 마누엘 노이어(Manuel Neuer)는 멍한 시선으로 이쪽을 보고 있다. 그의 시선 끝에는 현수가 있다.

독일 국가대표팀 골키퍼이자 FC 바이에른 뮌헨의 주전 골키퍼가 넋 나간 표정이 된 것은 충분히 이해된다.

실로 어마어마한 공이었기 때문이다.

"어! 뭐지? 저 사람 누구야?"

"선수인 건가? 일반인은 절대 아냐."

"동의해! 근데 어느 팀의 누구일까?"

"동양인 같은데, 일본? 아님, 한국 선수인가?"

"와! 실력이 어마어마하네. 경기에서 만날까 겁나네."

수비수 니클라스 쥘레(Niklas Süle)가 생각만으로도 두렵다는 듯 고개를 흔들 때 같은 수비수인 마츠 후멜스(Mats Hummels)는 혀를 내두른다.

어디 가서 말하면 대번에 '거짓말하지 말라.'는 소리를 들을 만큼 말도 안 되는 광경을 직접 목격했기 때문이다.

축구장은 길이가 105m이다. 그리고 방금 전의 슛은 거의 그 정도를 날아왔다.

그렇다면 경기장 어디서든 저런 슛을 때릴 수 있다는 뜻이다. 이쪽에서 저쪽 골라인까지 거리가 105m이니 충분히 가능한 일이다.

보아하니 골대를 겨냥하고 찬 것이 분명하다. 차기 전에 골대를 확인하는 몸짓을 했기 때문이다.

그렇다면 실제 경기에서 만나게 되면 무조건 공을 차지 못하도록 둘 이상의 전담 마크를 붙여야 하는 선수이다.

이 정도면 거의 크랙(Crack)이다.

참고로, 축구에서의 크랙이란 '엄청난 선수' 또는 '경기의 흐름을 바꾸는 선수', '경기를 지배하는 선수', '에이스', '초일류 선수' 등 여러 의미로 사용되는 말이다.

한마디로 '엄청 쩐다'는 뜻이다.

"야! 누군지 확인해 봐."

문득 정신을 차린 노이어의 외침에 마츠 후멜스가 큰 소리로 외친다.

"어이, 거기요! 이름 좀 알려줘요."

이름만 알면 어디 소속인 누군지 대번에 알아낼 수 있는 세상이다. 하지만 이때의 현수는 등을 돌려 다시 아델리나를 업고 있을 때이다.

"거기…! 이름 좀 알려주라고…. 야! 너 누구냐?"

"어이! 너 이리로 좀 와봐라."

니클라스 쥘레까지 나서서 고함을 질렀지만 무반응이다. 관심 없었기에 짐짓 안 들리는 척한 것이다.

이에 마누엘 노이어는 뒤쪽에 있던 청년들에게 소리친다.

이들은 통역 등을 위해 단기 고용한 알바들이다. 다시 말해 말 통하는 심부름꾼인 셈이다.

"어이, 친구들! 저쪽에서 공 찬 사람이 누군지 알아 와요."

"네? 뭐라고요?"

"공 찬 사람 이름을 알아오면 일 인당 500달러씩 줄게요."

"네에? 500달러요? 아! 알겠습니다."

과연 돈의 힘은 무섭다. 도우미들이 후다닥 달려간다.

"근데 대체 누구지? 동양인 중에 저런 선수가 있었나?"

노이어는 고개를 갸웃거렸다.

FC 바이에른 뮌헨은 전력 강화를 위해 세계 각국으로 스카우트를 파견한다. 이들은 현역 선수들뿐만 아니라 유망주까지 살펴본다.

FC 바이에른 뮌헨은 분데스리가의 제왕이라 해도 좋을 팀이다. 2016—17시즌의 현재 전적은 13승 2무 1패로 아주 강력한 우승 후보이다.

그리고 본인은 그 팀의 주전 골키퍼이다.

세계 각국의 선수와 유망주에 대한 데이터를 쉽게 접할 수 있는 위치에 있다. 그런데 혀를 내두를 만큼 초강력 슛을 쏘는 동양인에 대한 정보는 본 적이 없다.

어쨌거나 방금 전의 골은 결코 평범하지 않다. 어느 나라 선수이든 무조건 주전급이다.

무회전 슛으로 널리 알려진 호날두와 주닝요, 그리고 카를로스와 피를로의 그것보다 훨씬 더 대단하다.

분명 골대를 훌쩍 넘길 것이라 예상했던 공이 갑자기 뚝 떨어지는 것만으로도 충분히 위력적이다.

거기에 왼쪽 상단 모서리로 들어갈 듯했던 공이 갑자기 오른쪽 모서리로 빨리듯 들어갔다.

이건 아무리 경험 많은 골키퍼라 하더라도 절대로 막아낼 수 없는 공이다. 100번 만나면 100번 다 손 한 번 못 써보고 골망이 출렁이는 걸 봐야 한다.

골키퍼 입장에선 다시 보고 싶지 않은 골이다.

방금 전 상황을 복기한 노이어의 등에서는 식은땀이 솟았다. 월드컵에서 만났다면 꼼짝없이 당했을 것이기 때문이다.

'누군지 반드시 알아놔야 해. 안 그럼 당한다.'

독일은 2014년 월드컵에서 줄리메컵(The Jules Rimet Cup)을 들어 올린 우승팀이다.

모든 경기에서 이겼는데 가장 통쾌했던 것은 홈팀 브라질과의 준결승전에서 7 : 1로 대승을 거둔 것이다.

너무도 충격적인 결과였는지라 브라질은 이 경기를 '미네이랑의 치욕', 또는 '미네이랑의 참사'라 칭한다.

세계 랭킹 1위가 홈에서 그야말로 처참하게 발려 버린 치욕스러운 경기 결과였기 때문이다.

보나마나 절치부심하고 있을 것인데 만일 2018년 러시아 월드컵에서 다시 만나도 또 발라줄 생각이다.

그런데 만일 공을 찼던 사람이 브라질의 비밀병기라면 비상을 걸어야 한다. 아주 치명적일 듯하기 때문이다.

문득 노이어의 뇌리를 스치는 상념이 있다.

"어이, 오스카!"

"왜?"

캠코더를 들고 대표팀 선수들의 연습장면을 찍고 있던 기록담당은 왜 불렀느냐는 표정으로 바라본다.

"방금 전 공, 혹시 찍었어?"

"어! 당연하지."

"그래? 잘 했네. 그거 좀 보자."

"지금?"

"그래, 지금 당장!"

잠시 후 오스카의 캠코더를 본 노이어의 표정이 심각하다. 허공에서 뚝 떨어지는 각도가 몹시 예리했다.

그보다는 갑자기 왼쪽에서 오른쪽으로 마치 슬라이딩하듯 허공에서 미끄러진 공의 궤적이 훨씬 더 위력적이다.

"쓰벌! 이런 걸 어떻게 막아?"

반복해서 되돌려보는데 욕이 저절로 나온다. 골키퍼를 바보 천치로 만드는 공이었기 때문이다.

"누군지 알아?"

"알면 내가 이러겠어?"

"혹시 누군지 짐작 가는 선수가 있어?"

"없어! 이런 공은 한 번도 본 적이 없어. 미치겠네."

노이어는 신경질적으로 머리를 긁는다. 그런데 키퍼 장갑을 끼고 있어 헤어스타일만 엉망이 되어버렸다.

*   *   *

한편, 현수는 독일 축구대표팀에게 풀리지 않는 수수께끼를 남겨둔 채 바닷가를 거닐고 있다.

"그래서? 그게 전부야?"

아델리나는 푸틴으로부터 들은 것을 시시콜콜하게 다 이야기했다. 양녀로 삼은 것과 현수의 여인이 되면 어마어마한 지참금을 준다고 한 것 등이다.

아델리나가 대놓고 이야기하지는 않았지만 무슨 뜻인지 알고 왔다면서 수줍은 듯 고개를 숙였다.

바람에 날린 머리카락 때문에 간지러웠지만 현수의 속내는 시끄러웠다. 이런 식으로 여러 여인들을 받아들이는 게 과연 합당한가 싶었던 것이다.

마법을 다시 쓸 수 있게 되었으니 언제든 원래의 자리로 되돌아갈 수 있다.

초대황제로서 지구뿐만 아니라 달과 화성 등의 영토, 그리고 아르센, 콰트로, 마인트 대륙까지 모두 다스리는 지고무상한 존재로 군림하게 된다.

이곳으로 온 지 이제 겨우 1년 남짓이다. 그런데 벌여놓은 일이 너무 많다. 그냥 훌쩍 떠나버리기에 너무 아깝다.

전에는 대한민국에 특정종교 광신자들이 너무 많은 데다, 국론이 분열되어 있어 제국으로의 편입을 거절했다.

그런데 지금은 아니다.

대대적인 청소작업 끝에 특정종교는 아예 발본색원 수준으로 지워버렸다. 이끌던 자는 물론이고, 그 밑에서 딸랑거리던 것들까지 깡그리 없앴다.

다시 발호할 기회는 아마 없을 것이다. 농부들이 논에서 피를 뽑아내듯 계속해서 지워나갈 것이기 때문이다.

아울러 사회를 좀먹는 적폐세력들도 지우는 중이다.

북한은 이미 국가 전체를 헌납하기로 했고, 수천 년간 한민족을 괴롭혔던 지나는 멸망 상태이다.

아직도 재수 없는 일본이 남아있기는 하지만 한국에 대립각을 세우던 험한 세력은 빠르게 줄고 있다.

아울러 나라 전체가 패닉 상태가 되고 있다. 일본에 에이프릴 증후군이 상륙했다는 소문이 번진 결과이다.

일본인 특유의 호들갑으로 인해 소문은 더 빨리 번졌다. 이에 사람들은 문을 닫고 외출을 하지 않는 상황이다.

덕분에 일본 전역은 유령도시처럼 아주 고요하다.

그러는 동안에도 하루라도 자민당에 몸을 담았거나 혐한을 조장하였던 자들이 뇌사상태로 발견되고 있다.

그 숫자가 50만 명 이상으로 늘어났지만, 각자의 집이나 사무실 등에 시체처럼 누워 있거나, 그러다 숨이 끊어진 상태라 아직은 파악하지 못하는 숫자가 많다.

아무튼 대한민국의 주변국인 북한, 지나, 그리고 일본은 이제 적이 아니거나 덤벼들 상태가 아니다.

따라서 북한을 먼저 발전시킨 후 남한을 흡수합병해도 괜찮을 듯싶다. 그런데 그러지 않고 나 몰라라 하고 훌쩍 떠나버리면 지금껏 한 일은 도로아미타불이다.

게다가 본인만 바라보고 있는 지윤과 인경은 또 어떤가!

'어휴~!'

괜스레 속이 시끄러워진 현수는 아델리나를 업고 있는 손에 힘을 주어 들썩였다. 등에서 또 뭉클함이 느껴진다.

상당히 오랜 기간 이런 촉감을 느끼지 못하고 살았다. 그리고 아내들이 모두 사망하고도 꽤 오랜 시간이 지났다.

이전 삶의 아내였던 권지현과 강연희는 이미 다른 사내와 결혼하여 아이를 낳았고, 예카테리나는 이혼했다.

이리냐는 몸을 파는 삶을 살았고, 백설화는 총살당했다. 이번 삶에서는 인연이 아닌 것이다.

이런 와중에 다시 왕국 설립부터 시작하려고 한다.

한 번 해봤던 일이고, 도로시라는 걸출한 조력자가 있으니 이전보다는 훨씬 쉬운 일일 것이다.

그런데 국가가 선포되고 나면 외부의 눈길과 국민의 열망에 따른 대(代)를 이를 후손이 있어야 한다.

그러려면 당연히 왕비가 있어야 하는데 그 후보가 너무 많다. 지윤, 인경, 밀라, 올리비아, 이화, 그리고 아델리나까지 여섯이나 된다.

도로시는 여섯 전부를 아내로 얻어야 국정 운영이 매끄럽다는 의견을 내놨다.

예를 들어, 러시아가 조차해 준 영토에선 우크라이나 사람인 밀라를 마뜩잖게 여길 수 있다.

반대로 우크라이나에선 아델리나를 그렇게 생각할 수 있다. 서로 인접한 국가이며, 으르렁대던 사이이기 때문이다.

다행히 콩고민주공화국에서는 인경이나 지윤 중 하나를 왕비로 삼는 것에 이견이 없을 것이다.

그냥 그러려니 하는 것이 그쪽 사람들이다.

북한은 이화에게 그 자리를 줘야 한다.

김책공대 출신 컴퓨터 천재라는 타이틀이 있으니 국민들 마음의 구심점이 될 수 있다.

"그래서! 내가 어떻게 하든 다 받아들인다고?"

"네에."

아델리나는 부끄럽다는 듯 고개를 숙인다.

"아델리나는 남자들이 너무 순종적인 여자를 별로 안 좋아하는 거 혹시 몰라?"

"네에? 정말요?"

"당분간 한국 드라마 많이 봐. 보면 배울 게 많을 거야."

밀당하는 것과 귀엽게 사랑싸움하는 장면을 보라는 의도에서 한 말이다.

"그러지 않아도 그러고 있어요."

"그래? 그럼 많이 배워서 써먹어."

너무 기죽어 있거나 순종인 것보다는 적당히 튕기는 맛도 있어야 한다는 뜻에서 한 말이다.

사실 가끔은 새침하거나 토라진 모습도 봐야 재미있다.

그런데 어쩌나! 아델리나는 사극만 본다.

조선 시대엔 남존여비가 당연하던 시절이다. 그리고 주로 왕이 등장하는데 궁녀들이 어찌 왕에게 튕기겠는가!

그랬다가는 평생 독수공방을 면치 못한다.

하여 오히려 더 순종적으로 떠받들고 어려워하는 장면만 보게 될 것이고, 아델리나는 이를 그대로 배우게 된다.

하여 오늘의 대화로 현수는 세상에서 가장 순종적인 왕비를 맞이하게 된다.

훗날 '뭐든 뜻대로 하소서' 라는 뜻의 '뭐뜻하 왕비' 이다.

아무튼 현수는 아델리나를 업고 천천히 산책하고 돌아왔다. 지윤과 밀라 등은 만나지 못했다. 길이 엇갈렸던 것이다.

덕분에 아델리나는 오붓한 둘만의 시간을 보냈다. 이날 밤 아델리나는 푸틴에게 텔레그램으로 메시지를 보낸다.

오늘 대표님과 좋은 시간 보냈어요. 너무 행복해요!

이를 받아본 푸틴은 흐뭇한 미소를 짓는다.

보내고 보름도 안 지났는데 벌써 '쌀이 익어 밥이 되었다.'는 뜻으로 받아들인 것이다.

이에 그리곤 비서를 불러 지참금을 보낸 스위스 은행 계좌번호를 현수에게 알려주었다.

한화로 1조 137억 6,000만 원이 있는 계좌이다. 그리곤 메시지 하나를 보냈다.

푸틴은 요즘 날마다 기분이 좋다.

현수로부터 받은 월별 유가 예상가가 거의 일치한다는 보고를 받은 때문이다. 하여 경제개발부 장관 막심 오레슈킨에게 상당한 자금을 맡겼다. 최대한 불려보라는 뜻이다.

막심은 이 돈으로 러시아의 경제를 부흥시킬 거금을 만들어 오겠다며 물러났다.

깊은 밤, 현수는 본인 침실에 앉아 도로시로부터 각종 현안에 대한 보고를 듣고 있었다.

그러던 어느 순간 휴대폰이 부르르 떨린다. 뭔가 싶어 봤더니 문자 메시지가 왔다.

사위! 몸보신하라고 돈 좀 보냈네.
우리 아델리나를 많이 아껴달라는 뜻이네.
비밀번호는 1993081519930815일세.

'응? 이건 뭐지…?'
도로시의 대답이 바로 튀어나온다.
'아델리나 다닐로바님의 지참금이네요. 액수는 1조 137억 6,000만 원이에요.'
'지참금…? 뭔 지참금? 설마 결혼?'
'네! 신부 지참금 명목이에요.'
'엥? 아직 식도 안 올렸는데?'
'조금 전에 아델리나 님이 푸틴에게 문자를 보냈는데 그걸 오해한 것 같아요.'
아델리나는 님이고 블라디미르 푸틴은 그냥 푸틴이다. 도로시가 대하는 왕후 후보와 러시아 대통령의 차이이다.
'오해…? 뭘 오해해?'
'보낸 문자 메시지가 뭐였나 하면요…'
잠시 도로시의 설명이 있었다.

'하아! 웃기는 짜장이네. 날 뭘로 보고…'

아델리나를 만난 지 이제 겨우 13일 되었는데 벌써 거사를 치른 사람으로 오해했다. 졸지에 호색한이 된 것이다.

'전화 걸어.'

'에? 설마 아니라고 하시려구요?'

'그럼! 바람둥이라고 생각할 텐데 그러지 말라고?'

'돈 받으셨잖아요. 1조 원이 넘어요.'

'그것도 두 번째 대국 때 아홉 집 차이라고 알려줘서 딴 거잖아. 그럼 내가 그냥 준 거나 마찬가지지. 안 그래?'

'에이, 그래도 보내온 성의가 있는데…. 뭐 어차피 언젠가는 아델리나 님을 접수하실 거잖아요.'

'접수…? 아델리나가 무슨 신청서야? 접수를 하게.'

'에이, 암시롱! 말이 그렇다는 거죠.'

'어허~! 그런 말 쓰는 거 아냐.'

'넹~!'

대답은 했지만 맹랑하다. 그래도 이 정도는 풀어줘도 된다. 도로시는 현수의 기분을 아주 잘 알기 때문에 진중해야 할 때는 더 없이 차분해진다는 것을 알기 때문이다.

'아무튼 전화 걸어줘.'

'이 대목에서 자제를 당부드립니다.'

'당부…? 왜? 무슨 이유라도 있어?'

'이번에 온 돈은 완전히 세탁된 거잖아요. 그러니…'

잠시 도로시의 말이 이어졌다.

미국에서도 뇌사상태로 발견되는 이들이 부쩍 늘어나고 있다. 하여 나라 전체가 반쯤 패닉 상태이다.

어떤 동네에선 치안이 불안해지자 때는 이때가 싶었는지 폭동을 일으켰다. 언제나 그렇듯 일부 흑인들이 들고 일어났고, 히스패닉과 백인들도 대거 가담했다.

다만 동양인들은 몸을 사렸다. 에이프릴 증후군 보균자라 하면서 마구 총질하기 때문이다.

아무튼 약탈의 손길은 마트뿐만 아니라 다른 일반 점포들에게까지 번졌다. 심지어 주택에 들어가 강도질도 한다.

이에 경찰이 출동했고, 주 방위군까지 나섰다. 어떤 주에서는 계엄령이 선포되기도 했다.

이렇게 되는 동안 상당수가 사살되었다.

아무튼 여럿이 뇌사상태로 발견되었는데 그들의 재산은 거의 그대로 있다. 이걸 어찌 그냥 두겠는가!

지난 2008년 '월스트리트 쇼크'라는 것이 발생되었다.

그 결과 리먼 브라더스가 파산하였고, 최대 보험사인 AIG가 몰락했다. 아울러 부동산 가격이 폭락했고, 수천만 명이 해고되는 등 세계 경제가 휘청거렸다.

이를 '금융위기'라고도 하는 이유는 근본적 원인이 파생상품 규제 완화 때문이다.

미국의 투자은행들은 금융상품 법규 폐지를 목적으로 상·하원의원을 포섭하는 등 정치시스템을 부패시켰다.

아울러 신용 등급사에 로비하여 저품질 금융상품에 AAA라는 최고 신용등급을 매기게 하는 등 부정을 저질렀다.

그 결과 전 세계가 경제위기에 처했던 것이다.

이후 자성(自省)의 목소리가 있었고, 내부자 거래 등 비윤리적 거래 근절 운동을 펼치고 있다.

그럼에도 금융 관계자들의 도덕적 해이는 여전하다.

더 많은 돈을 벌 목적으로 음지에서 각종 로비와 조작 등 옳지 않은 일을 하고 있는 것이다.

이들 중 상당수가 이번에 뇌사상태로 발견되는 자들과 밀접한 관련이 있다. 그들의 지시를 받거나, 그들로부터 자본을 투자받아 덩치를 키우고 있던 것들이다.

도로시는 이 욕심만 많은 이들의 재산을 합법적으로 털어낼 요량이다.

법률적 하자가 없는 레버리지, 공매도, 콜옵션, 풋옵션 등을 총동원하는 데 푸틴이 보낸 돈을 이용하려는 것이다.

이 돈은 2차 대국 때 딴 근거가 확실한 돈이다. 그리고 아델리나 다닐로바 명의로 되어 있다.

이것은 골드만삭스, JP모건, 모건스탠리, 씨티그룹, BOA메릴린치, 도이체방크, 크레디트스위스 등 투자은행들의 힘을 빼내는 데 사용된다.

하지만 단번에 왕창 빼앗지는 않을 것이다. 그러면 단결된 힘으로 대응할 확률이 매우 높기 때문이다.

하여 시간을 두고 야금야금 축내어 투자은행들을 '냄비 속 개구리'가 되게 만들 계획이다.

이는 '어떤 대상에게 중대한 문제가 있는데 그게 서서히 악화되면 감지하지 못하고 있다가 종국에는 파멸에 이른다.'는 교훈을 강설(講說)할 때 흔히 인용되는 말이다.

골드만삭스, JP모건, 모건스탠리 등 미국의 주요 투자은행들은 자신이 삶아지는 줄 모르고 있다가 어느 날 문득 사주(社主)가 바뀌는 것을 경험하게 될 것이다.

Chapter 03
—
새로운 사주(社主)

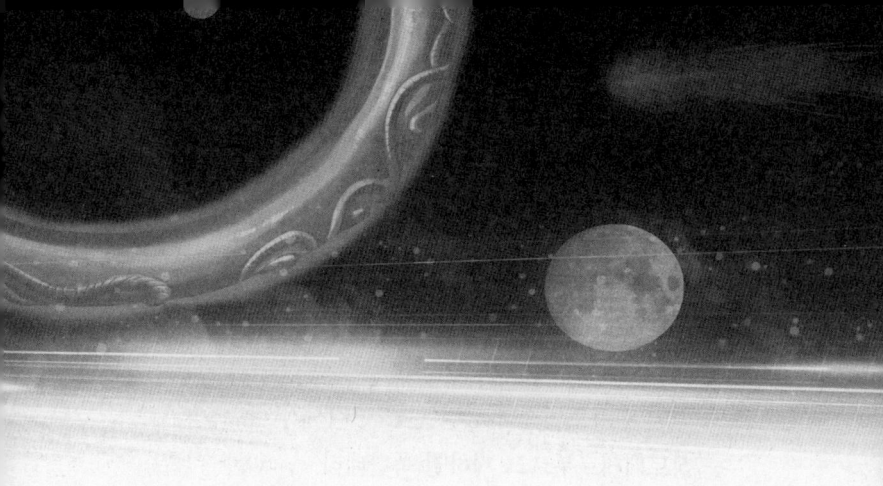

　새로운 사주의 이름은 각각 김지윤, 조인경, 설이화, 밀라, 올리비아, 그리고 아델리나가 될 예정이다.

　아델리나 명의로 된 1조 원은 분명 큰돈이다. 하지만 이것만으로는 월스트리트를 뒤흔들 수 없다.

　하여 지윤과 밀라 등의 명의로도 각기 1조 원짜리 계좌를 만들 예정이다. 이실리프 왕국의 국왕, 하인스 킴이 결혼 선물로 증여하는 것이다.

　국왕의 통치행위이며, 세금 없는 국가이므로 증여세 따위는 언급조차 되지 않을 것이다.

　이렇게 하면 왕비들의 초기 자본금만 6조 원이다. 이것만으로도 흙탕물이 되게 할 정도는 된다.

다음은 일어나게 될 사건을 감안한 투자이다.

이전의 역사를 보면 2017년 3월과 4월에는 다음과 같은 사건이 발생된다.

— 런던 웨스트민스터 궁전 인근 총격사건
— 상트페테르부르크 지하철 폭탄테러
— 스톡홀름 백화점 총격사건
— 알렉산드리아와 탄타의 콥트교 교회 폭탄테러

이 사건들로 인해 사망자와 부상자가 다수 발생된다.

이밖에 지난 역사에는 없지만, 이번 3월과 4월에는 있을 예정인 매우 중대한 사건이 있다.

— 미국, 일본, 중동 에이프릴 증후군 창궐로 인한 패닉
— 지나 인구 5,000만 명 이상 추가로 감소

에이프릴 증후군은 세계 각국을 공포로 몰아가기에 충분할 정도로 크게 번진다.

특히 겁쟁이 미국과 호들갑만 떠는 일본은 한국처럼 수출입 및 입출국을 제한하는 조치를 전격 시행하게 된다.

더 이상의 전염을 줄이려는 목적이지만 당연히 효과는 없

다. 뇌사자 속출은 전혀 줄지 않는 것이다.

사람들은 잔뜩 겁을 먹는다. 하여 회사 출근은 물론이고 외출도 하지 않아 유령도시처럼 아주 고요해진다. 어쩌다 뇌사자가 발생하면서 쓰러지는 소리만 있을 뿐이다.

이는 대도시 뒷골목도 마찬가지이다. 늘 사건, 사고가 끊이지 않던 뉴욕의 할렘가도 쥐죽은 듯 조용해진다.

한편, 지나는 각종 전염병과 식량난 등으로 인해 인구가 대폭 감소하게 된다.

모든 발전소가 멈추고, 사회시스템이 붕괴되었으며, 서로가 서로를 잡아먹는 인육 쟁탈전이 벌어지면서 일체의 생산이 끊긴 상태이다. 아울러 잔인했던 구호선 약탈이 보도된 이후 외부지원까지 완전히 끊겼다.

게다가 장강 이남에만 국한되어 발생되는 일인지라 세계경제에 큰 영향을 끼치지는 못한다.

하지만 미국과 일본의 국경 폐쇄는 다르다.

곧바로 여러 나라 경제에 직격탄을 날리기에 주가가 폭락하고, 급격한 인플레이션이 발생하는 등 이변이 속출한다.

도로시는 이를 잘 활용하여 월스트리트 전체를 털어먹으려 한다. 워낙 능력이 좋으니 초기 자본금 6조 원은 금방 60조 원, 600조 원, 6,000조 원으로 늘어나게 될 것이다.

이는 왕국 건설을 위한 재원으로 사용된다.

이들 여섯 왕비뿐만 아니라 Y—인베스트먼트도 암약할 예정이다. 초기 자본금은 일단 14조 원 정도이다.

미국과 일본을 제외한 국가들을 털어낼 자금이다.

더 많은 돈을 동원할 수도 있지만 그러면 소 잡는 칼로 닭 잡는 꼴이 되며, 효율이 떨어진다.

아울러 국제 금융이 한순간에 붕괴될 수도 있다.

도로시의 목표는 월스트리트를 단숨에 망가뜨리는 것이 아니다. 야금야금 지분을 장악하여 더 이상 욕심 많은 자본가에 의해 세계 경제가 좌지우지되는 걸 막는 것이다.

그러기 위해선 영국, 프랑스, 독일, 이탈리아, 스위스 등 유럽 국가들과 중동 각국, 일본 등을 컨트롤해야 한다.

사방에서 포위하여 국제 투기 자본들을 완전한 고사(枯死)시키기 위함이다. 다시 말해 그들의 자금을 말라붙게 하여 다시는 발호(跋扈)[4] 하지 못하게 하려 한다.

국제 투기자금은 오로지 돈만 보고 이 나라 저 나라를 바쁘게 움직이는데 그 나라가 어떻게 되든 개의치 않는다.

윌리엄 셰익스피어의 소설 '베니스의 상인' 의 등장인물 샤일록(Shylock)과 매우 흡사하다.

이 이름처럼 '부끄러움(shy)이란 것이 잠겨 있는(lock)' 피도 눈물도 없이 오로지 이익만 추구하는 악덕 상인과 같은 자본이라 생각하면 된다.

이들은 산업과 기술의 발전, 인류 공영 따위엔 전혀 관심이

---

4) 발호(跋扈) : 권세나 세력을 제멋대로 부리며 함부로 날뜀

없다는 특징이 있다.

오로지 돈만 좇는 돈벌레들이다.

본인 것도 아닌 남의 돈으로, 그 결과로 상대가 망하든 말든 왕창 따먹기만 하려는 못된 심보를 가졌다.

이를 위해 '레버리지(leverage)' 라는 것을 고안해냈다.

금융계에서 이를 '수익을 극대화하기 위해 돈을 빌리는 비율' 이라는 그럴듯한 의미로 사용하고 있다.

다시 말해 자기가 가진 돈보다 훨씬 많은 금액을 투자할 수 있도록 잔꾀를 부린 것이다.

참고로, 100배 레버리지면 자기 돈이 100만 원일 때 1억 원을 빌려서 베팅하는 것이다.

이밖에 공매도(空賣渡)라는 것도 있다.

말 그대로 '없는 것을 판다.' 라는 뜻으로 주식이나 채권을 가지고 있지 않은 상태에서 매도주문을 내는 것을 말한다.

주가가 하락할 것이 예측되는 경우 남의 주식을 빌려서 판다. 그리곤 주가가 떨어지면 그걸 사서 빌린 주식을 되돌려주는 것이다.

주식은 없는데 돈은 벌고 싶어서 만든 것이다.

공매도는 주식시장 질서를 교란시키고 불공정거래 수단으로 악용되기도 한다.

한편, 아직 도래하지 않은 미래에 특정자산을 미리 정한 가격으로 살 수 있는 권리를 '콜옵션' 이라 한다.

예를 들어, 미래에 100원 할 것을 60원에 사기로 하는 것이다. 미래에 그 가격이 되면 40원을 먹는다.

콜옵션의 반대 개념인 '풋옵션'은 미리 정한 가격에 팔 수 있는 권리를 매매하는 계약이다.

주로 무언가의 가치가 떨어질 것이 예상될 때 쓴다.

어쨌거나 레버리지, 공매도, 콜옵션, 풋옵션은 모두 머리 좋은 금융인들이 만들어냈다.

그런데 가만히 보면 공통점이 있다.

레버리지와 공매도는 남의 것으로 투자를 하는 것이고, 콜옵션과 풋옵션은 미래의 가격으로 거래하는 것이다.

네 가지 모두의 공통점은 성공하기만 하면 막대한 이익을 거둘 수 있다는 것이다. 이런 개념들은 투기 자본과 같이 욕심 사나운 것들에 의해 고안된 수법이다.

'뿌린 대로 거둔다'는 말은 갈라디아서 6장 7절에 나온다. 원래의 뜻은 '콩 심은 데 콩 나고, 팥 심은 데 팥 난다'이다.

하지만 도로시는 다르게 정의했다.

종두득두(種豆得豆)가 아니라 자승자박(自繩自縛)이다.

본인들이 만든 금융기법에 본인들이 고스란히 당하는 꼴을 보여주고 싶은 것이다.

예를 들어, 헤지펀드들이 짜고 특정 기업의 주식 10억 주를 주당 5,000원에 공매도를 한다.

도로시는 시장에 나와 있는 모든 주식을 사들인다. 그리곤 매수 주문만 남발하여 호가를 대폭 상승시킨다.

약정기간이 되면 헤지펀드는 10억 주를 빌려준 사람에게 반환해야 한다. 그런데 주가가 엄청나게 상승하여 주당 10만 5,000원이 되었다.

이렇게 되면 주당 10만 원이 손해이다. 주식 총수가 10억 주였으니 100조 원이 손해이다.

2021년 1월이 되면 이런 일이 벌어진다.

개인 투자자들이 대형 헤지펀드의 공매도 포지션에 대항하기 위해 '게임스탑' 주식을 대량으로 매수하며 주가를 폭등시키는 사건이 벌어지게 된다.

미래 가치가 떨어질 것으로 판단한 헤지펀드가 남의 주식을 빌려서 팔았는데 개인투자자들이 그 값을 왕창 올리려고 뭉친 것이다.

그런데 미국의 대표적 주식 거래 앱인 '로빈후드'가 개인의 게임스탑 매수를 막는다. 그러자 3시간도 되지 않아 뉴욕에서 집단 소송이 발생하였다.

보도에 의하면 공매도로 헤지펀드들이 잃은 손실은 약 708억 달러가 된다.

그리고 '공매도 신성'으로 불린 미국 헤지펀드사 멜빈캐피털은 문을 닫는다. 개인이 헤지펀드를 이기는 초유의 사태가 빚어지게 되는 것이다.

아무튼 도로시는 레버리지와 공매도, 콜옵션과 풋옵션을

적절히 사용하여 국제 투기 자본들의 씨를 서서히 말려버릴 생각이다.

성실하기는 하지만 수년째 이어진 가뭄 때문에 적지 않은 빚을 지게 된 농부가 있다.

이 농부는 일 년 내내 뜨거운 뙤약볕에 달궈진 밭으로 나아가 구슬땀을 흘리면서 열심히 일을 하였다.

그러다 오곡백과가 풍성해지는 수확철이 다가왔다.

한편, 돈 좀 있다고 내내 시원한 그늘 아래에서 음료수나 마시며 떵가떵가 노래하며 놀기만 하던 놈이 있다.

가을이 되자 농부에게 갔고, 빌려간 돈을 갚으라면서 이자로 수확한 곡식들을 몽땅 빼앗아 갔다.

농부는 텅 비어버린 밭에 앉아 하염없는 눈물만 흘렸다.

부디 겨울을 보낼 양식이라도 남겨달라고 애원했지만, 베짱이 같은 놈은 안면몰수하고 싹 쓸어갔다.

그해 겨울 양식이 떨어진 농부와 그의 가족들은 모두 굶어 죽었다.

이게 바로 투기 자본의 속성이다.

한국에서 활약한 투기 자본을 꼽으라면 외환은행을 삼켰던 론스타를 꼽을 수 있다.

원래대로라면 대한민국은 투기 자본의 놀이터가 된다.

그 결과 상당히 많은 기업들이 적대적 인수합병으로 사냥 당하게 된다.

원래는 론스타 같은 사모펀드는 하늘이 두 쪽이 나도 은행을 소유할 수 없었다. 은행의 대주주가 되려면 금융기관이거나 금융지주회사여야 한다는 법이 있기 때문이다.

그런데 당시의 대한민국엔 때려죽여도 시원치 않을 개만도 새끼들이 즐비하게 존재했다.

외환은행, 청와대, 기획재정부, 금감원, 법무법인, 회계법인 등에 도둑놈들이 득실거리고 있었던 것이다.

그 결과 전혀 부실하지 않았던 외환은행이 졸지에 부실 금융기관으로 지정되었다.

이에 맞춰 사모펀드가 은행을 소유할 수 있도록 유권해석 해주는 병신 짓거리를 벌였다.

은행법 시행령 제8조 제2항엔 다음과 같은 구절이 있다.

부실 금융기관의 정리 등 특별한 사유가 있다고 인정되는 경우 제5조의 요건을 갖추지 않아도 승인을 할 수 있다.

외환은행이 론스타에게 넘어갈 수 있었던 것은 위의 내용 중 '등' 에 해당된다고 법리해석을 했던 법무법인 때문이다.

참고로, IMF 직후 외환은행과 제일은행, 그리고 한미은행이 팔려 나갔다. 모두 이 법무법인이 법률자문을 맡았다.

제일은행은 뉴브리지 캐피탈, 한미은행은 칼라일 그룹으로 넘어갔고, 둘 다 사모펀드이다.

욕심 많은 몇몇 도둑놈들이 고작 몇 푼 받아먹자고 투기자본에게 어마어마한 월척을 헐값에 넘긴 것이다.

얼마 후, 외환은행에선 1,000여 명의 직원들이 해고되었다. 그래놓고 존 그레이켄 론스타 회장은 이렇게 말하였다.

"유감스럽게 생각하지만 외환은행의 생존과 미래를 위해 구조조정은 절대적으로 필요한 상황이었다."

이는 웃기는 개소리에 불과한 말이었다.

그리고 얼마 지나지 않아 외환은행을 하나은행에 팔았다. 그 과정에서 론스타는 4조 7,000억 원의 차익을 거뒀다.

9개월 후, 론스타는 한국 정부 탓에 큰 손해를 보았다면서 5조 6,000억 원을 물어내라는 소송을 걸었다.

몇 놈 아가리에 몇 푼 처넣어주고는 10조 원 이상의 이득을 취하려 했던 것이다.

론스타에 조금이라도 부화뇌동했던 외환은행, 금감원, 재정경제부, 청와대, 법무법인, 회계법인 등의 관계자들은 현재 도로시에 의해 아주 특별한 보살핌을 받는 중이다.

*　　　　　*　　　　　*

에이프릴 증후군에 걸려 하루 종일 비명을 지르고, 신음을 내뱉고 있지만 좀처럼 죽지 못하고 있는 것이다.

산 채로 지옥을 훨씬 더 오래 경험해야 하기에 죽을 만하면 살려내기를 반복하는 중이다.

이에 앞서 모든 금융자산을 증발시켰다.

국내외에 차명으로 은닉한 것들 모두 포함이다. 심지어 땅 파고 묻어놓은 것들까지 사라지게 하였다.

금융감독원장과 경제부총리 등을 역임했던 것들이기에 이를 되찾으려 백방을 수소문했지만 소용이 없었다.

소매를 걷어붙이고 나서야 할 두 견찰(犬察) 모두 조직이 와해될 지경이기 때문이다. 조직원의 절반 이상이 거의 비슷한 시기에 목숨을 잃었으니 당연한 일이다.

놈들의 금융자산만 사라지게 한 것은 아니다. 헐값이 된 모든 부동산도 몽땅 Y—Property 소유로 넘어갔다.

그런 상황이 되도록 유도한 결과이다.

밀실 협잡으로 국민들을 배반해서 얻은 재물로 대대손손 떵떵거리며 살 것이라 생각했겠지만, 전혀 그렇지 못하도록 완전히 거덜을 내버린 것이다.

그리고 이놈들의 가족에겐 영원히 기회가 없다.

차라리 죽는 것이 편할 것 같다는 생각을 하도록 아주 철저하게 갈구고, 외면할 것이기 때문이다.

다만 일가친척의 잘못을 인식하고, 이를 지극히 부끄럽게 여겨 모든 혜택을 거부한 기특한 인물은 예외이다.

매월당 김시습과 토정 이지함, 그리고 북창 정렴은 조선시대 3대 기인으로 손꼽힌다.

북창은 태어나서부터 말을 아는 능력이 있었고, 배우지 않아도 스스로 깨우쳐서 세상의 모든 이치를 알았다고 한다.

아울러 깨달음은 부처의 경지에 이르렀고, 행동은 노자(老子)와 견줄 만했던 것으로 전해진다.

북창 정렴에 관한 이야기는 여러 책에 등장한다.

청구야담(靑邱野談)에는 길을 지나다 복수를 위해 환생한 구렁이를 퇴치하는 이야기가, 해동잡록(海東雜錄)에는 단명할 운을 타고 태어난 아이를 위해 연명할 방도를 일러 주는 내용이 수록되어 있다.

해동이적(海東異蹟)에는 각종 언어에 능통하고 신선술에 통달한 인물로 나타난다.

한편, 북창의 아버지 정순붕은 윤원형과 더불어 을사사화(乙巳士禍)를 일으킨 장본인이다.

이 사화로 인해 100여 명이 사망했다. 그 결과 1등 공신에 책봉되었고, 우의정에 이르렀다.

북창 정렴은 사화로 권력을 얻으려는 부친을 몹시 부끄럽게 여겼다. 하여 스스로 관직뿐만 아니라 모든 기득권을 내려놓고 초야에 묻혀 지내다 생을 마감했다.

이 정도가 되어야 처벌을 면케 된다. 결론부터 말하면 예외를 적용받는 인물은 하나도 없다.

아무튼 오늘도 개만도 못한 새끼들이 하루 종일 비명과 신음을 지르느라 여념이 없다. 그러거나 말거나이다.

어쨌거나 론스타는 외환은행을 팔고 떠났다.

자신들이 해고한 근로자와 그 가족들의 삶이 어떻게 되었는지에 대한 반성이나 배려 따위는 전혀 없다.

사냥꾼들은 잡은 짐승의 가죽을 벗기고, 살을 발라낸다.

이때 머리와 내장, 발톱 등 팔아먹을 가치가 없는 것들은 가차 없이 내다 버린다.

그 짐승에게 아직 젖을 떼지 못한 어린 새끼들이 있거나 말거나 아무런 관심도 없다.

국제 투기 자본은 바로 이런 사냥꾼들과 같다. 하여 피도 눈물도 없는 기업사냥꾼이라고도 하는 것이다.

하지만 이제는 다르다.

이 세상 어떤 투기 자본도 대한민국에서 활개 칠 수 없게 되었다. 거의 모든 상장기업의 금융부채가 제로에 수렴하고 있다. 파고들 중대한 약점 가운데 하나가 사라진 것이다.

게다가 주식 거의 전부를 Y-인베스트먼트가 소유하고 있다. 이것들은 웬만해선 매매되지 않을 예정이다.

남은 약점마저 몽땅 지워진 것이다.

그렇다 해도 투기 자본들을 그냥 놔둬서는 안 된다.

대한민국은 깡패들로부터 안전해졌지만 다른 나라의 선량

한 사람들이 피해 입을 수 있기 때문이다.

하여 전 세계 모든 투기 자본들을 고사시키려는 것이다.

지금까지는 사냥꾼으로 살면서 호의호식했을 것이다.

이제부터는 반대이다. 거꾸로 사냥감이 되어 쫓기는 동안 하루하루 줄어드는 잔고를 보면서 피가 마르는 듯한 고통과 억울함을 무지막지하게 느끼게 될 것이다.

그것의 1순위는 헤지펀드들이다.

회장부터 말단까지 완전한 거지로 만들 예정이고, 몽땅 에이프릴 증후군을 앓게 된다.

그리고 한동안은 죽고 싶어도 죽을 수 없다.

그들로 인해 해고된 직원과 그 가족들이 겪었던 심적 고통과 불편함 등을 100배 이상 느껴야 하기 때문이다.

일부는 가족들에게도 책임을 물을 계획이다.

남들 눈에서 피눈물 나게 해서 번 돈으로 호의호식한 것에 대한 죗값이다.

산 채로 지옥을 겪다가 뒈지는 것은 지극히 당연한 일이다. 자식이 있다면 더 이상 새끼 치지 못하게 한다.

다시 말해 대(代)를 완전히 끊어버린다. 아울러 더 이상 사회의 주류로 발돋움할 수 없도록 철저히 차단한다.

이기적이고, 욕심만 사나운 형질을 지닌 DNA가 더 이상 이 세상에 남아 있지 못하도록 하려는 의도이다.

이는 다른 투기자본들에게도 해당되는 일이다.

투기(投機)란 기회를 틈타 이익을 보려는 것을 의미한다. 필연적으로 누군가에게 피해를 입히게 되니 결코 좋은 것이 아니다.

그 피해의 정도는 당연히 다르겠지만 누군가의 가정이 깨지거나, 누군가 목숨을 잃고, 누군가는 누리던 모든 것을 잃고 노숙자가 되는 등이 있을 것이다.

이를 어찌 좋은 일이라 할 수 있겠는가! 따라서 투기 자본은 반드시 없애야 할 사회악이다.

하여 사모펀드와 헤지펀드 등 온갖 방법으로 남의 돈을 먹으려던 것들을 모조리 쪽박 차게 만든다.

이 과정에서 얻게 될 재화(財貨)는 국제 금융시장의 주도권을 장악하는 데 요긴하게 사용될 예정이다.

하여 전도양양한 기업의 주식은 시장에서 자취를 감추게 되거나 자진 상장폐지를 선택하게 된다.

남은 건 조만간 망하게 될 회사의 주식뿐이다. 이렇게 되면 어떤 일이 빚어질까?

도덕적 해이(解弛)의 대명사가 되어버린 월스트리트의 돈벌레들은 직업을 잃게 된다.

이뿐만이 아니다. 거대자본들도 몰락시킬 예정이다.

로스차일드와 록펠러 등이 역사 속으로 사라지게 될 것이고, 곡물메이저와 석유메이저들도 지리멸렬하게 된다.

그렇게 되면 세계는 지금보다 훨씬 평화롭게 될 것이다.

'이 비번은 이게 뭐지?'

1993081519930815를 보고 한 말이다.

'그거 아델리나 다닐로바 님의 생년월일이에요.'

'그래? 생일이 광복절이네.'

김지윤은 3월 1일, 조인경은 4월 19일에 태어났다. 각각 3.1절과 4.19 혁명일이 생일인 것이다.

한편, 설이화는 4월 28일, 밀라는 5월 11일이다. 전자는 이충무공 탄신일이고, 후자는 동학농민혁명 기념일이다.

아델리나는 8월 15일 광복절에 태어났고, 올리비아는 10월 9일 한글날이 생일이다.

다들 뭔가를 기념하는 날이다.

'그럼 나는…?'

현수의 생일인 9월 28일은 국가기념일이 아니다. 그냥 아무 날도 아닌 것이다. 가끔 추석 연휴에 끼일 뿐이다.

그래도 굳이 기록을 뒤져보니 1945년 9월 28일에 조선총독부 등 일본의 조선 통치기구가 모두 소멸되었다.

아울러 1950년엔 서울이 수복되었다.

둘 다 기념할 만한 날이긴 한데 굳이 고르라면 일본의 모든 통치기구가 소멸된 것이 더 의미 있다 하겠다.

'네! 참 공교롭지요?'

'그러네. 암튼 알았어, 뜻대로 해봐.'

'네! 이번에도 멋지게 성공시킬게요.'

현수는 투기 자본들이 사라지는 날을 곧 보게 될 것이라 생각하였다.

어느 누구도 도로시만큼 명석하고 치밀하지 못하며, 넓은 시야를 가지지 못했다. 따라서 눈을 뜨고 있어도 코를 베어가는 걸 보고 있어야만 할 것이다.

하여 투기자본 관계자들은 나날이 줄어가는 잔고를 보며 불안한 마음을 감추지 못할 것이다.

엄청 잘난 척하며 살고 있겠지만 돈이 다 떨어지고 나면 아무것도 아닌 인간들이기 때문이다.

그리고 그때쯤이면 전 세계 모든 증시를 도로시가 관장하게 될 것이다.

따라서 투기 자본 관계자들은 다시는 금융이나 투자 쪽에 발을 들여놓지 못하게 된다. 미리 블랙리스트를 배포하여 그럴 기회를 사전에 박탈시킬 것이기 때문이다.

남들을 어려움에 처하게 했으면 본인은 그보다 훨씬 어렵게 살아야 한다. 그것이 사회정의이다.

한편, 공을 찬 사람이 누군지 알기 위해 저택으로 왔던 현지인들은 뜻을 이루지 못하였다.

삼엄한 경계태세를 갖추고 있는 경호원들이 단호하게 길을 막아선 때문이다. 방탄복을 걸쳤고, 기관총과 유탄발사기까지 갖춘 상태였기에 대들 생각은 아예 하지도 못했다.

다만 더듬거리는 말로 독일 축구대표팀 골키퍼로부터 누가 공을 찼는지 알아오라는 말을 듣고 왔다고 하였다.

이에 경호원들은 즉시 돌아가라는 말만 반복했다.

되돌아가 상황을 알리자 노이어 등이 씩씩거리며 쫓아왔다. 누가 감히 그러느냐고 생각한 것이다.

하지만 유탄발사기와 거치되어 있는 중기관총 등을 보고는 노이어도 쫄지 않을 수 없었다.

연대병력이 쳐들어와도 단숨에 제압할 정도의 화력을 갖춘 장비가 버티고 있었기 때문이다.

그중엔 미래에 개발될 보병전투장갑차도 있다.

탑승 병력에 대한 방호와 하차 병력에 대한 화력 지원뿐만 아니라 대전차 및 대공 전투까지 감안한 것이다.

실내는 무장한 12명의 장병이 편안히 머물 만큼 널찍하다.

항온마법진은 고성능 에어컨과 히터가 설치된 것이나 마찬가지 효과를 낸다. 하여 적도와 남극대륙에서도 원활한 작전 수행이 가능하다.

임시로 '검치호(劍齒虎)'라 이름 붙인 이것의 최고 속도는 시속 150㎞이다. 비포장도로에선 시속 80㎞로 질주한다.

그 길에 일반적인 과속방지턱보다 큰 굴곡이 수없이 많이 있어도 별다른 영향을 받지 않는다.

마치 도로 위에 떠서 미끄러지는 듯한데 이는 고효율 충격 흡수 마법진이 있기 때문이다.

그렇기에 웬만하면 편안히 앉아 독서를 즐길 수 있고, 필요하다면 숙면을 취할 수도 있다. '흔들리지 않은 편안함' 이라고 광고했던 어떤 침대가 생각날 정도이다.

외장된 30㎜ 기관포 2문은 360° 회전 가능하여 전후좌우 모두를 공격할 수 있다.

사격이 개시됨과 동시에 자동으로 전개되는 투명 방호 시스템은 사수를 철저히 보호한다.

따라서 머리 바로 위에서 공격하지 않는 이상 사수가 총탄에 희생되는 일은 없을 것이다.

다용도 미사일도 탑재되어 있다. 적의 장갑차와 전차, 그리고 헬기와 전투기 30대를 무력화시킬 수 있다.

일단 사수의 눈에 포착되면 빠져나갈 방법이 없다.

목표물이 둘이면 버튼을 두 번, 눈에 보이는 것의 개수가 30개 이상이면 일괄발사 버튼을 누른다.

그러면 목표물에 번호가 매겨진다. 각각의 미사일에는 이에 대응하는 번호가 부여되어 쏘아져 간다.

따라서 적의 전차 260대, 자주포 160대, 그리고 헬기 100대, 전투기 80대가 검치호 20대와 만나게 되면 자동조준 시스템으로 모조리 작살낼 수 있다.

피아식별장치와 목표물이 겹치지 않게 하는 아주 똑똑한

넘버링 시스템이 있기 때문이다.

그 결과 어떠한 회피기동에도 속지 않는 미사일이 모든 목표물을 파괴함으로도 임무를 완수하게 된다.

Chapter 04

—

카잔의 기적

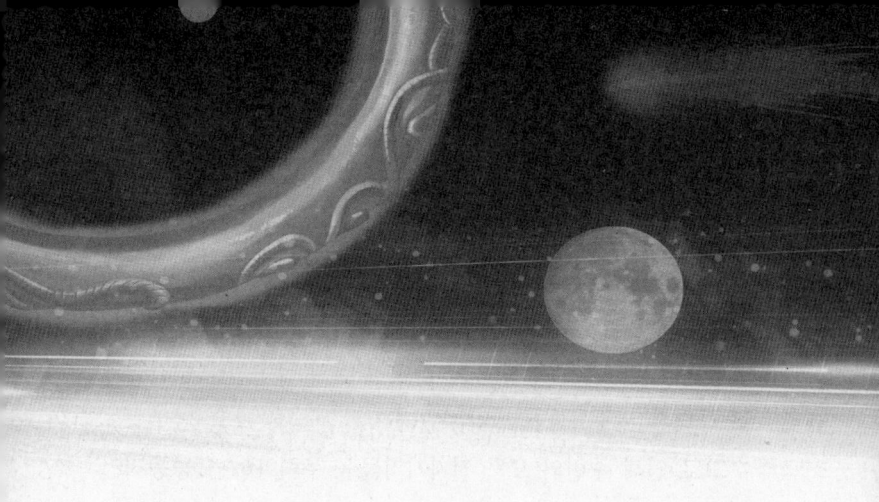

　이 밖에 전파 스텔스 장치가 있어 적 레이더에 잡히지 않는다. 광학 스텔스 모드는 20m만 떨어져 있어도 눈에 뜨이지 않는다. 엔진을 끈 상태라면 2m이다.

　아울러 적외선 추적시스템으로부터 안전한 항온마법진도 부여되어 있다.

　그래도 혹시 몰라 적의 미사일이나 포탄에 대응할 간이 근접방어무기체계도 장착시켰다.

　대한민국 해군이 2027년 완성을 목표로 열심히 개발하고 있는 CIWS—II보다 성능이 우수한 것이다.

　이 밖에 스마트탄과 미사일 등의 추적시스템을 교란시키는

EMP 채프(Chaff)도 장착되어 있다.

전투기 등에서 사용되는 채프는 레이더 영상에 혼란을 주기 위한 목적으로 전자파를 반사시키는 데 사용되는 얇고 좁은 모양의 금속이나 도금한 종이 등이다.

한편, EMP 채프 역시 얇고 좁은 모양의 금속인데 순간적으로 강력한 전자기파를 발산시킨다.

그로 인해 주변의 모든 전자기기들을 무력화하는 능동적인 교란 시스템이라 할 수 있다.

다만 검치호는 이에 해당되지 않는다. 모든 EMP 공격을 반사하는 시스템이 있는 때문이다.

어쨌거나 검치호는 만일을 대비하여 급조한 것이다.

현재의 수준보다 100년 이상 앞선 기술로 설계된 이것은 만능 제작기가 있어서 가능했던 일이다. 다시 말해 현재의 기술로는 설계도가 있어도 제작할 수 없는 것이다.

아무튼 이런 보병전투장갑차가 3대나 버티고 있으니 노이어가 아니라 독일 대표팀 감독이라도 쫄지 않을 수 없다.

대체 이곳에 누가 머물고 있기에 이처럼 삼엄한지 알 수는 없다.

전투복이나 장갑차에 아무런 표식이 없는 것으로 미루어 짐작건대 신분을 감추려는 의도일 것이다.

이런 정도의 무장은 권력의 정점에 있어야만 가능하다. 따라서 이번 바둑대결을 보러온 VIP 중의 하나일 것이다.

국가대표 골키퍼이기는 하지만 하여 축구선수에 불과한 노이어는 아주 겸손된 표정으로 정중히 물었다.

"저어, 이 저택에 머무시는 분은 대체 누구신지요?"

이에 대한 대답은 아주 간단명료했다.

"No Comment!"

"끄으응!"

결국 노이어는 뜻을 이루지 못하고 돌아갔다.

해상의 기상 상태가 호전되어 바로 출발하게 되었으니 즉시 공항으로 오라는 연락을 받았기 때문이다.

물러서던 노이어는 속으로 다짐했다.

'쳇! 누군지는 몰라도 내가 꼭 알아내고야 만다.'

그리곤 알바로 고용했던 원주민 둘에게 각기 100달러씩 쥐어주며 이렇게 말하였다.

"이 저택이 누구의 것인지, 공은 누가 찼는지 알아서 연락해주면 900달러를 더 지불할게요. 꼭 알아봐 주십시오."

"네, 그렇게 하겠습니다."

대답은 이렇게 했지만 이 저택이 누구의 것인지는 알려줄 수 없다. 하인스 킴은 바하마의 은인이기 때문이다.

불우한 청소년들을 위해 무려 2억 달러나 쾌척했고, 두 번의 대국으로 이 나라를 널리 알려주었다.

900달러가 큰돈이기는 하지만 어찌 발설하겠는가! 그랬다가 발각되면 거의 매국노 취급을 받게 될 것이다.

그리고 공을 누가 찼는지는 알 수 없다.

하인스 킴뿐만 아니라 노울스 가족도 있고, 경호원도 여럿이 있기 때문에 누구를 특정할 수 없는 것이다.

가장 큰 이유는 저택에 발을 들여놓을 수가 없어서이다.

현수 일행이 머무는 동안엔 미리 허락된 사람만 출입할 수 있다. 바하마 총리 페리 크리스티라 할지라도 그러하다.

그러니 평범한 원주민이 어찌 경계를 넘어 누가 공을 찼는지 물어보며 돌아다닐 수 있겠는가!

며칠 후, 모두가 떠나고 노울스 가족만 남아도 답을 얻지는 못한다. 그들은 절대로 입을 열지 않을 것이기 때문이다.

따라서 원주민이 노이어에게 연락할 일은 없다.

한편, 안전벨트를 풀어도 된다는 메시지가 뜨자 마누엘 노이어는 대표팀 감독 요아힘 뢰프(Joachim Löw)에게 동영상을 보여준다.

이를 본 감독은 페이크 영상 아니냐고 묻는다.

절묘하게 꺾여서 떨어지던 공이 갑자기 횡적인 움직임을 보였기 때문이다. 이에 노이어는 니클라스 쥘레와 마츠 후멜스까지 불러 증언하게 한다.

둘의 진술이 일치하자 감독의 얼굴이 굳어진다. 그리곤 반복해서 영상을 돌려보고 또 돌려본다.

아무리 생각해봐도 골키퍼가 막을 수 있는 슛이 아니다. 이런 굉장한 슛을 갈기는 사람은 결코 일반인일 수가 없다.

한 번에 100m 이상 날릴 수 있는 킥력을 어찌 일반인이 가질 수 있겠는가!

분명 초일류 선수인데 어느 팀 소속인지 알지 못한다.

무방비로 있다가 적의 비밀병기로 월드컵 본선에서 만나면 패배의 쓴잔을 마시게 될 수도 있다.

참고로, 2018년 6월 27일 독일팀은 본선 조별리그 마지막 경기를 대한민국과 치르게 된다.

그리고 전후반 90분이 지나도록 양 팀은 득점 없이 0 : 0으로 비긴다. 그러다 후반 추가시간 1분 2초에 손흥민이 코너킥을 찬다.

이 공은 뒤섞인 양 팀 선수들 속으로 들어가고, 니클라스 쥘레의 발에 맞은 공은 수비수의 다리 사이로 흐른다.

그 공이 본인 앞으로 오자 김영권 선수는 뒤도 안 돌아보고 찬다.

골망이 흔들리고, 사방에서 함성이 터져 나온다.

지난 대회 챔피언이자 FIFA 랭킹 1위를 최초로 조별리그에서 탈락시키는 결승골을 터뜨린 것이다.

후반전 추가시간 1분 6초 때의 일이다.

4분 후, 실점을 만회하려 골대를 비운 채 한국 진영까지 내려온 골키퍼 노이어는 컨트롤 미숙으로 공을 빼앗긴다.

미드필더인 주세종이 롱킥을 하자 중앙선 안쪽에 있던 손

홍민이 쏜살처럼 달리기 시작한다.

선발로 출장하여 전반은 물론이고 후반 51분까지 풀타임으로 뛰어 체력이 완전히 바닥난 상황이다.

그럼에도 약 50m를 불과 5초 56만에 주파하고, 결국 골망을 흔든다. 대단한 주력이고, 체력, 골 결정력이다.

대한민국이 월드컵 역사상 처음으로 독일을 2 : 0으로 격파하는 것이다.

손흥민의 쐐기골이 터지자 관중석의 독일 아가씨가 비춰진다. 이 아가씨의 눈에서 흘러내린 눈물은 볼에 그려진 연방기를 적신다.

참고로, 대한민국의 국기 명칭은 태극기이고, 독일 국기는 연방기(Bundesflagge)라 칭한다.

사람들은 이날의 경기를 '카잔의 기적(Miracle of Kazan)' 이라 한다. 다만, 독일에선 '카잔의 비극' 이라 칭한다.

그리고 보니 독일은 이전 대회에서 삼바 군단 브라질을 7 : 1로 이기면서 '미네이랑의 참사' 를 만들어낸 팀이다.

그런데 이번엔 이변(異變)의 희생자가 되고, 역사상 최초로 조별예선 탈락이라는 쓰라린 경험을 하게 된다.

한국이 이기면서 멕시코는 어부지리로 16강에 오른다. 하여 멕시코 전역에 한국 열풍이 불게 된다.

한편, 독일과의 사이가 별로인 영국과 지난 대회 때 참패를 당했던 브라질 국민들은 덩실덩실 춤을 추며 즐거워한다.

그러면서 한국을 칭송하고, 독일 탈락을 조롱한다.

경기 전, 세계의 도박사들은 한국이 2 : 0으로 이기는 것보다 독일이 7 : 0으로 이길 확률이 높다고 평가한다.

대홍수가 일어나 장강 이북이 완전히 작살나는 일이 없었다면 지나에선 다음과 같은 일이 일어나게 된다.

경기가 끝난 후 '한국의 패배'에 거액을 걸었던 지나인 중 일부가 자살하거나, 자살을 시도한다.

빚을 갚기 위해 집을 팔거나, 아예 자취를 감추는 자들도 여럿이라 도박의 위험성이 뉴스에 보도되기도 한다.

돈을 잃고 화가 나서 TV를 때려 부수는 장면이 송출되고 이어서 고층 빌딩에서 뛰어내린 자의 모습이 비춰질 때 뉴스에 출연한 심리치료사는 이렇게 말한다.

월드컵은 단지 즐기는 스포츠입니다. 목숨을 걸거나 신세를 바꾸기 위한 것이 아닙니다.

뉴스가 나간 후 지나 정부는 도박의 위험성을 경고하면서 스포츠복권 온라인 판매를 전면 금지하는 조치를 취한다.

그래 봐야 사후약방문(死後藥方文)이다.

이미 일은 벌어진 후이고, 지나인들은 절대로 도박을 끊지 못한다.

사회문화 현상의 하나인 도박은 진나라(B.C 221~206) 이전의 전적(典籍)[5]에도 기록되어 있다.

따라서 지나의 도박은 원시시대부터 이어져오는 일종의 고질병이라 할 수 있겠다. 이러니 공산당 정부의 금지 조치 따위로는 절대로 없앨 수 없는 것이 도박이다.

어쨌거나 요아힘 뢰프 감독은 심각한 표정으로 코치진을 불러 모은다. 어마어마한 킥을 한 사람이 누군지 혹시 알아볼까 싶어서이다.

결국 독일 대표팀 선수 전원이 동영상을 보게 되고 다들 혀를 내두른다. 개중에는 킥력을 자부하던 선수도 있다.

그런데 410~450g인 축구공을 100m 이상 보내는 것은 자신이 없다. 그러고 보니 골대 안으로 들어갈 때의 속도가 예사롭지 않다. 힘없이 뚝 떨어진 것이 아니다.

골망이 흔들리는 모습을 보면 끝까지 힘을 잃지 않았음을 확인할 수 있다. 경악할 만한 막강 킥력이다.

'세상에 맙소사! 내가 저렇게 할 수 있을까? 끄응~!'

킥력에 자부심이 있던 선수가 갑자기 시무룩해진다. 아무리 생각해봐도 견줄 수 없었기 때문이다.

멕시코로 비행하는 내내 감독의 이맛살은 펴지지 않았다.

혹시라도 월드컵 본선에서 만나게 되면 어찌 대응해야 할지 방법이 없어서이다.

5) 전적(典籍) : 일정한 목적, 내용, 체재에 맞추어 사상, 감정, 지식 등을 글이나 그림으로 표현하여 적거나 인쇄하여 엮은 것

상대팀 골라인에 공을 놓고 거기서 슛을 해도 골이 될 수 있는 선수가 있다면 어찌 두렵지 않겠는가!

농구로 치면 상대편 베이스라인(엔드라인)에서 슛을 쏘는 선수가 생긴 것이다. 이 선수의 슛을 막으려면 적어도 하나나 둘로 하여금 전담 마크하게 해야 한다.

그런데 상대가 슛을 쏘지 않고 자기 팀 선수에게 패스를 해버리면 수비에 문제가 생긴다. 숫자가 부족해지기 때문이다. 그렇다 하여 안 막을 수도 없다.

엔드라인에서 슛을 쏘면 바로 3점이 올라가기 때문이다.

슛 성공률이 낮다면 별문제가 없지만 3점 슛 평균인 35% 정도여도 문제이고, 이보다 더 높으면 무조건 전담 마크를 붙여야 한다.

한편, 현수의 슛 성공률은 거의 100%이다.

슛 이후 강력한 돌풍을 만나 방향이 꺾이지 않는다면 차는 족족 다 들어간다는 뜻이다.

아주 강력한 캐논 슛이라 그러하다.

특히 무회전 슛인 경우엔 키퍼가 공의 움직임을 예측하지 못하기에 멍하니 보고 있는 동안 골망이 흔들리게 된다.

포구 능력이 뛰어난 메이저리그의 포수들조차 너클볼은 어려워한다. 그래서 너클볼 투수에겐 전담포수가 붙는다.

그런데 축구 골대는 포수의 미트보다 훨씬 크다.

심하게 흔들리며 날아오던 공이 갑자기 뚝 떨어지는가 싶더니 옆으로 확 꺾이는 것을 어찌 잡겠는가!

게다가 양발잡이이다. 어느 발로든 초강력 슛을 쏜다.

감아차기와 드롭슛에도 능통하고, 무회전 슛은 트레이드마크일 정도로 잘 찬다. 하여 경기장 어디서든 프리킥을 얻게 되면 곧장 골이 될 확률이 매우 높다.

골키퍼들에겐 공포의 대상일 것이다.

헤딩도 잘하고, 드리블도 능통하여 홀로 적진을 누빈 끝에 골을 넣는 일도 어렵지 않다.

핸드볼 경기에선 손목의 스냅을 이용하여 불규칙 바운드로 키퍼를 농락하는 슛이 많다.

골프엔 땅에 맞고 마땅히 앞으로 튀어나가야 할 공이 뒤쪽으로 흐르는 백스핀이 있다.

*　　　　*　　　　*

둘의 공통점은 공에 회전을 걸어주었다는 것이다.

당구에선 더 강력한 회전을 걸 수 있으므로 온갖 기기묘묘한 샷이 구현되기도 한다.

큐(cue)를 수직으로 세워서 공을 깎아치는 맛세이(massé)가 대표적이라 할 수 있다. 오시(밀어치기)와 시끼(끌어치기)도 회전력을 이용한 것이다.

참고로, 우라(뒤돌리기), 하꾸(옆돌리기) 오마(앞돌리기), 빵꾸

(넣어치기), 시네루(회전), 가꾸(역회전), 다마(당구공), 다이(당구대) 등은 써서는 안 될 쪽발이 용어이다.

다들 알다시피 야구엔 여러 종류의 변화구가 있다.

커브, 슬라이더, 체인지업, 포크볼, 팜볼 등이다. 이것들도 모두 공의 회전과 관계있다.

그렇다면 축구공엔 회전을 걸 수 없는 걸까?

아니다! 축구공도 감아 차면 활처럼 휘어져 간다. 공의 회전력과 공기저항이 만들어낸 결과이다.

현수는 마치 핸드볼 묘기처럼 키퍼가 예상치 못하는 방향으로 꺾이는 슛을 개발했다.

이를 '스냅 슛'이라 정했다. 핸드볼 경기에서처럼 경기장 바닥과 접촉하는 순간 방향이 급격하게 변한다.

골키퍼는 전혀 예측할 수 없던 꺾임에 당황하거나, 멍한 시선으로 골대 안으로 들어가 버린 공을 봐야 한다.

이런 다양한 슛을 때리는데 어찌 막겠는가!

그나마 다행인 점은 현수가 선수 생활을 할 마음이 전혀 없다는 것이다. 그리고 독일팀의 불행은 조별 경기에서 한국을 만나 2 : 0으로 져서 탈락한다는 것이다.

덕분에 멕시코, 브라질, 영국 등에서는 한바탕 잔치가 벌어진다. 아울러 한동안 한국인들에 대한 대우가 좋아진다.

막강 전차군단이 탈락되었다는 너무나 기쁜 소식을 들을 수 있게 해준 결과이다.

           *   *   *

　BBC와의 인터뷰가 끝난 후 대한민국의 언론은 일제히 수 많은 뉴스를 쏟아냈다.

　아래는 그중 가장 많이 언급된 제호(題號)[6] 이다.

2017년 3월 1일 이실리프 왕국 건국

누가 초대 국왕의 왕비가 되는가?

꿈 깨자. 통일은 없다!

국군포로와 가족 전원 한국으로 송환 예정

국군 및 UN군 유해 모두 송환

DMZ는 생태공원으로 보존

판문점에서 이산가족 상시 면회 예정

모든 이산가족, 한국으로의 이주 허용

철도 연결하면 시베리아 횡단철도 이용 가능할까?

세금, 병역, 종교, 마약, 도박, 흡연, 선거가 없는 국가

Your—Y와 Y—뉴스, Y—채널 평양 간다!

대통령 건국 선포식에 참석할까?

국방의 의무는 어찌 될 것인가?

---

6) 제호(題號) : 책이나 신문 등의 제목

에이프릴 증후군으로 인해 나라 전체가 초상집 분위기였는데 갑자기 잔칫집으로 일신되었다.

사람들이 모이는 곳마다 웃음소리가 끊이지 않았고, 현안에 대한 의견을 주고받느라 몹시 시끄럽게 되었다.

그럼에도 이를 불편하게 여기는 이는 별로 없다.

2002년 월드컵 때 온 국민이 붉은악마가 되어 신명나게 한바탕 놀았을 때와 거의 비슷한 분위기이다.

그때에는 대표팀 서포터들을 '붉은악마' 라 칭하는 것에 대해 입에 '거품을 물고 지랄하던 것들' 이 있었다.

경우가 다르지만 현재에는 이런 불평분자들이 없다. 그럴 만한 것들 모두 저승행 급행열차를 타고 떠나버린 때문이다.

염원하던 통일이 무산된 것은 매우 아쉬운 일이다. 하지만 지나와 북한 모두가 소멸된 것은 너무나 기쁘다.

이에 대다수 사람들은 더 이상 징병제가 필요 없는 것 아니냐는 의견을 내놓았다.

이에 행정부와 입법부는 즉각 시스템 개선을 약속했다.

징병제를 모병제로 바꾸는 것부터 시작이다.

일단은 현역 중 일반병사의 복무기간을 절반으로 줄여, 이에 해당되는 인원부터 조기 전역시킬 예정이다.

장기복무와 숙달이 필요한 특수병과는 전원 직업군인 체제로 바꾼다. 다시 말해 전문성이 필요한 일부 병과는 부사관과 장교들만 복무할 수 있다.

2017년 1월 현재 육군은 약 49만 5,000명이다. 24개 사단과 14개 기동여단 등으로 구성되어 있다.

해군은 약 6만 9,000명이다. 동, 서, 남해 3개 해역함대와 11개 직할부대 등으로 구성되어 있다.

해병대의 현재 인원은 약 2만 7,000명이다.

공군은 6만 5,000여 명으로 구성되어 있다. 9개 전투비행단과 각종 방공, 수송, 비행단이 있다.

국방부는 육, 해, 공군과 해병대 체제는 그대로 유지하되 숫자를 대폭 줄일 예정이다.

가장 많이 감축되는 것은 육군이다. 휴전선을 경계로 북한 병력과 대치할 필요 없어졌으니 당연한 일이다.

새로 건국될 이실리프 왕국과는 선린우호 관계가 유지될 예정이다. 상호불가침 조약까지 맺을 예정이니 전방에 배치된 사단이 필요 없게 되었다.

일본이 문제이긴 하지만 바다 저편에 있으니 육군의 효용가치가 떨어진다. 그래서 49만 5,000명이던 대인원이 졸지에 1만 5,000명 수준으로 왕창 줄어든다.

아울러 노후 차량, 전차, 장갑차, 야포 등 각종 군수물자들은 모두 용광로에 넣어 재활용할 예정이다.

가장 먼저 사라지는 것은 너무 오래되어 아무리 닦아내도 꿉꿉한 냄새를 풍기는 '거지발싸개 같은 수통'이다.

이를 대신할 것은 안쪽에 정화마법진이 있어 오염된 물이라도 생수로 바뀌는 신형 수통이다.

무겁고, 냄새나는 판초 우의도 전부 폐기된다.

새로 지급되는 것은 매우 가볍고, 속건성을 띄고 있다. 항균 기능도 있어 세균의 증식이 매우 어렵다.

하여 곰팡이 등으로 인한 냄새가 거의 나지 않는다. 그리고 부피와 무게 모두 기존의 10분의 1에도 미치지 못한다.

침낭 역시 전부 신형으로 교체된다.

항온마법진과 바디 리프레시 마법진이 부착되어 있어 한겨울 시베리아 벌판이라도 까딱없고, 자고 일어나면 모든 피로가 해소된다.

전투복은 Y-어패럴에서 생산하는 항온전투복으로 바뀌게 된다. 이것엔 체온 유지는 기본이고, 항균, 방오(防汚), 속건(速乾) 등의 효능이 있다.

적의 기지 등으로 침투하는 위험한 임무를 수행하게 될 장병에게 지급될 특수전투복은 방탄, 방검 기능이 추가된다.

발목에서 목까지 모두 보호되는 것이다. 여기에 전투용 헬멧까지 쓰면 전신이 다 보호된다.

군모에도 항온마법진이 부착되어 여름엔 덥지 않고, 겨울엔 춥지 않다. 통풍이 잘되고, 방오, 항균, 속건 기능이 있다.

수통, 침낭, 군화, 군복, 군모는 모두 개인용품이다. 따라서 전역할 때 모두 가지고 나간다.

한편, 군대에서 사용하는 텐트는 4가지가 있다. A형, D형,

분대형, 24인용이 그것이다.

이것들 모두 원터치 텐트로 바뀐다. 가볍고, 질기며, 튼튼하고, 방수성이 매우 좋은 특징이 있다.

A형과 D형은 버튼 하나, 분대형과 24인용은 버튼 두 개를 누르면 자동으로 접힌다. 이것 역시 부피와 무게 모두 기존 텐트의 10분의 1 이하이다.

반면 실내용적은 기존의 것보다 크고, 항온마법진이 부착되어 있어 한여름이나 추운 겨울에도 쾌적하게 지낼 수 있다.

이 밖에 초음파 발생 마법진도 있다. 쥐와 뱀은 물론이고, 각종 곤충들의 접근을 완벽히 차단한다.

하여 방충망이 없어도 모기가 들어오지 않는다.

M1, 카빈, M16 등 구형 소총들도 전부 없앤다. 인원이 엄청 줄어서 모두가 최신형으로 무장해도 남기 때문이다.

아무튼 일반병사는 극히 일부만 남기고 전부 전역이다.

그리고 앞으로는 군종병, 위생병, 서무병, 정훈병, 법무 행정병 등 직접적인 전투 또는 관리와 관계없는 병사들을 볼 수 없게 된다.

부사관과 장교도 상당히 많이 줄어드는데 비율로 따지면 장성이 가장 많이 감축된다.

해군과 공군은 특수성을 인정하여 각각 3만 명을 유지케 하고, 해병대도 1만 5,000명으로 정원이 쪼그라든다.

이렇게 되면 국군은 9만 명이다. 인원이 왕창 줄었으니 장성들도 당연히 감소되어야 한다.

다음은 병종별 장성 수 변화이다.

	육군	해군	해병대	공군	합계
현 재	314	49	15	59	437
변 동	8	15	8	15	46

전체를 보면 이전의 9.5분의 1 수준으로 대폭 감소하는데 이는 병력 1만 명당 5명 수준이다.

얼핏 보면 많이 줄어드는 것 같겠지만 2017년 현재 미군의 편제도 이와 거의 같다.

한편, 예비군 훈련도 줄어든다. 1년 1회 2박 3일이다.

그런데 모든 전역자가 소집되는 것은 아니다.

공익과 상근예비역 등은 예비군 편성에서 제외된다. 전투와 관련 없는 각종 행정병 및 군종병 등도 빠진다.

이 밖에 의무 관련 모든 병사들도 예비군 훈련에서 제외된다. 미래의 전투는 병사들이 직접 전장을 누비면서 총을 쏘는 것이 아니기 때문이다.

아무튼 예비군 훈련은 전역 후 3년까지만 실시한다. 부사관과 장교도 마찬가지이다.

이들은 소집훈련 날짜를 본인 스케줄에 맞춰 선택할 수 있다. 그렇게 결정된 날에 거주지 인근 소집장소에 집합하면 버스나 기차 등으로 이동한다.

이때 왕복 교통비로 1만 원씩 지급된다.

아울러 2박 3일짜리 입소훈련을 무사히 마치면 100만 원이 추가로 지급된다. 일당이 33만 원인 셈이다.

이 훈련비는 특별법에 따라 세금이 부과되지 않으며, 퇴소 당일 전액 현금 또는 계좌이체 된다.

한편, 입소는 하였으나 기준에 부합하지 못하여 조기 퇴소되는 경우엔 최저시급을 적용한 '참가비'만 지급한다.

예정된 훈련을 모두 마치지 못하였으므로 훈련비가 아닌 참가비가 되는 것이다.

아무튼 2017년의 최저시급은 6,470원이다.

따라서 입소 첫날 점심 식사 무렵에 퇴소당하면 6,470원 × 4시간으로 계산하여 2만 5,880원이 지급된다.

그런데 이걸 전부 주는 것은 아니다. 예비군 훈련비는 특별법에 따라 면세되지만 참가비는 아니다.

소득이 있는 곳에 세금이 있으니 일단 자유직업 소득세 3.3%를 원천징수한 2만 5,030원만 받게 된다.

이렇게 퇴소한 자는 다음 훈련소집 대상에서 제외된다.

훈련을 빠지게 되어 좋을지 몰라도 퇴소기록은 각종 혜택으로부터 제외되는 불이익의 원인이 될 수도 있다.

특별한 사유 없이 고의로 훈련에 불참한 경우엔 예외 없이 벌금이 부과된다. 금액은 300만 원이고, 다음 훈련부터 소집 대상에서 제외된다.

특별한 사유란 본인이 질병 또는 부상으로 입원을 하게 되었거나, 5촌 이내의 친척이 사망하는 경우이다.

이 밖에 배우자의 출산도 특별사유에 포함된다.

지금까지는 미참자에 대한 보충훈련 기회를 제공했으나 앞으로는 그런 거 없다. 본인이 선택한 날이고, 7일 전까지 일정 변경이 가능하기 때문이다.

아무튼 훈련 미참자 역시 각종 혜택을 받지 못할 확률이 매우 높다. 그 기간은 100년이다.

어쨌거나 육군의 반발이 제일 클 것이다.

314명이던 장성 수가 겨우 8명으로 줄어든다. 97.5% 가량이 예편해야 하는 것이다.

당연히 극심한 반발이 예상된다. 그러나 어쩔 수 없다.

세상이 바뀌고 있다. 적응하려면 변해야 하고 그러지 못하면 도태된다.

반발하는 장성들 때문에 필요 이상으로 비대한 육군을 유지할 하등의 이유가 없다. 구더기 무섭다고 장(醬) 못 담는다는 건 말도 안 되기 때문이다.

비정하다 하겠지만 그게 세상의 이치이다. 다만 예상치 못한 조기 전역에 대한 배려는 해준다.

현행법상 모든 군인은 19년 6개월 이상 재직하고 퇴역해야 '군인 퇴역연금' 을 수령하게 된다.

퇴직금 없이 '군인연금' 을 받게 되는 것이다.

한편, 기간을 채우지 못하고 퇴직하는 경우엔 '퇴직일시금'
이란 걸 지급받는다. 대신 군인연금엔 해당사항 없다.

이 또한 두 가지 경우가 있는데 '5년 미만' 인지, '5년 이상
~19년 5개월 이하' 인지에 따른 퇴직금 계산식이 다르다.

그런데 이 계산식이 상당히 복잡하다.

Chapter 05

—

군축 퇴직금

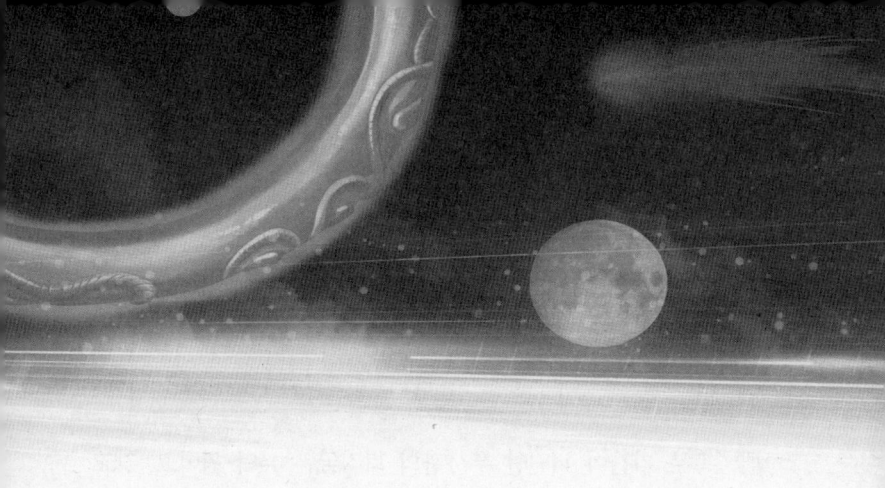

- *5년 이상 ~ 19년 5개월 복무*
기준소득월액×복무년수×[0.975+{(복무년수−5)×0.0065}]
- *5년 미만 복무*
기준소득월액 × 복무년수 × 0.78

어떤 근거로 이렇듯 복잡한 계산식이 만들어졌는지는 알 수 없다.

다만 이렇게 계산해서 퇴직금을 지급하고 전역시키면 분명히 섭섭하다고 할 것이다.

갑작스러운 일이고, 그 액수가 그리 크지 않기 때문이다.

하여 당분간은 다음과 같은 특별 퇴직금을 지급한다. 이를 '군축 퇴직금'이라 칭한다.

부사관	복무년수 x 1.0억 원
장 교	복무년수 x 1.5억 원

복무 기간이 14년인 부사관의 퇴직금은 14억 원이고, 장교는 21억 원을 지급받게 되는 것이다.

다만 현행법상 군인연금을 수령할 자격을 이미 취득한 경우엔 상기 퇴직금의 30%만 지급한다.

예를 들어, 22년간 복무한 부사관이라면 6억 6,000만 원, 장교는 9억 9,000만 원을 퇴직일시금으로 지급받는다.

이는 현행법상엔 없는 퇴직금이다.

어쨌든 19년 6개월 이상 근무했으면 군인연금 수혜대상인 것에는 변함이 없다.

한편, 장성들은 모두 군인연금 수령 확정이다.

그래도 섭섭하니 전별금(餞別金)[7]으로 각자에게 15억 원을 지급하는 것으로 끝낸다.

참고로, 전별금과 군축 퇴직금은 임시로 제정될 법률에 따라 세금을 징수하지 않는다. 이렇듯 세금을 공제하지 않는 것은 상당한 혜택이다.

7) 전별금(餞別金) : 보내는 쪽에서 예를 차려 작별할 때에 떠나는 사람을 위로하는 뜻에서 주는 돈

참고로, 퇴직금이 5억 원을 초과하면 기본세율이 42%이고, 누진공제액은 3,540만 원이다.

이를 계산해보면 아래와 같다.

- *14년 근무하고 퇴직하는 부사관*
14억 원 × 42% − 3,540만 원 = 5억 5,260만 원
- *14년 근무하고 퇴직하는 장교*
21억 원 × 42% − 3,540만 원 = 8억 4,660만 원

보다시피 각각 5억 5,260만 원과 8억 4,660만 원을 세금으로 납부해야 한다.

오랜 군 생활을 마치고 받는 딱 한 번의 퇴직금인데 세금을 공제하면 14억 원이 8억 4,740만 원으로, 21억 원은 12억 5,340만 원으로 쪼그라든다.

이쯤 되면 왠지 강탈당한 느낌이 들 것이다.

하여 이걸 면제해주는 것인데, 가장 큰 이유는 갑작스러운 실직을 위로하는 뜻이다.

대신 퇴직 군인을 국영기업이나 공사, 군납업체 등에 낙하산 인사로 꽂아주는 등의 부조리한 일은 전혀 없다.

전역하는 순간부터 민간인이 되는 것이니 일반인과 동등한 경쟁하는 삶을 사는 것이 옳기 때문이다.

그래도 사뭇 다른 삶을 살았던 것을 감안하여 Y─그룹에서 운영하는 공장과 기업 등에 입사 지원서를 넣으면 가산점을 부여하여 우선적으로 채용한다.

아울러 Y-Property가 보유한 주거용 부동산에 입주 신청을 하는 경우에도 우선적으로 배정해준다.

전역하기 전엔 엄청 불안했을 것이다.

상대적으로 안정된 군문(軍門)에 몸을 담고 있는 동안 다른 사람들이 얼마나 치열하게 살았는지 알기 때문이다.

극심한 취업난, 고공 행진하는 부동산, 늘어난 폐업, 높아진 대출이자 등은 충분히 공포스럽게 만들 만한 소재이다.

조만간 대규모 인력 감축이 있을 것이며, 본인이 그 대상 중 하나가 된다는 소문이 나돌면 몹시 불안해진다.

그러면서도 전역 후 할 수 있는 일이 무엇이 있을까를 생각해보지 않을 수 없다.

그런데 그때마다 눈앞이 깜깜해진다.

전문기술은 없고, 자본은 빈약하다. 취업은 쉽지 않을 것이라는 걸 수도 없이 듣고, 보았다.

따라서 무언가를 창업해야 하는데 만만한 업종이 별로 없다. 그러다 만나는 것은 프랜차이즈 치킨집과 카페, 그리고 PC방, 노래방, 편의점, 세탁소 등이다.

그런데 이를 만만히 여기고 도전했다가 열에 일곱, 여덟은 망한다고 한다.

얼마 안 되는 퇴직금에 은행 빚을 얹어 창업했다 망하면 곧바로 극빈층으로 주저앉는다. 그리고 그렇게 되면 다시는 일어설 기회조차 얻지 못하는 극심한 경쟁사회이다.

괜히 헬—조선이라는 말이 인구에 회자되었겠는가!

그런데 안정적인 직장과 저비용 주거지, 통장에 찍힌 적지 않은 현금이 있다면 어떻겠는가!

아마 안도의 한숨을 쉬며 미래를 꿈꾸게 될 것이다.

이 정도 배려면 큰 불만 없을 것이다.

다만 친일파 후손 등 현수가 정한 결격사유에 해당되는 경우엔 군축 퇴직금 대상이 되기 전에 쫓겨난다.

사전에 비위 사실을 고발하는 등의 조치를 취해 불명예제대가 되도록 할 예정인 것이다.

아무튼 군축을 감행하기 전에 먼저 수정할 법이 있다.

현행 군인연금은 퇴역한 직후부터 연금 수령이 가능하다.

예를 들어, 20세에 입대하여 20년간 복무하고 전역하면 40살부터 죽을 때까지 연금을 수령할 수 있다.

이를 국민연금 수령 시기와 동일하게 수정한다는 것이다.

출생연도	노령연금 수급연령
1961년~1964년	만 63세
1965년~1968년	만 64세
1968년 이후	만 65세

이렇듯 대규모 인원 감축이 이루어지는 동안 군은 변신한

다. 가장 큰 변화는 징집제에서 모병제로 전환되는 것이다.

만 20세가 넘었다면 누구나 군에 입대할 수 있다. 다만 직업 특성상 여러 조건을 충족시켜야 한다.

신장, 체중, 시력 등이 기준 이하이면 지원해도 입대할 수 없다. 체력 또한 정해진 기준 이상이어야 한다.

일단 고졸 이상의 학력을 요구하며, 일반 상식 및 도덕 및 윤리 시험 결과가 기준 이상이 되어야 한다.

이를 통과하면 체력 테스트를 실시하고, 이를 통과한 인원만 군인이 될 수 있다.

다음은 각 종목별 커트라인이다. 이 기준에 미치지 못하면 입대할 수 없는 것이다.

종 목	남 성	여 성
팔굽혀펴기	50회	40회
윗몸일으키기	50회	40회
100m 달리기	14초	17초
1,000m 달리기	3분 30초	4분 30초

팔굽혀펴기는 당연히 정자세로 해야 한다. 매 3초마다 하나씩 해야 하는데 이를 위해 메트로놈[8]이 도입된다.

무릎이 땅에 닿으면 실격이고, 덜 내려가거나 팔을 완전히 펴지 않으면 노카운트이다.

<u>윗몸일으키기도</u> 교범대로 하지 않으면 노카운트 된다. 찍부

8) 메트로놈(metronome) : 악곡의 박절(拍節)을 측정하거나 템포를 나타내는 기구

리는 것은 용납되지 않는 것이다.

아무튼, 상기 4가지 종목 중 하나라도 기준 미달이면 입대는 물 건너간다.

부사관으로 입대하길 원하는 경우엔 조금 더 높은 체력과 학력을 요구한다.

일단 전문대졸 이상의 학력이 있어야 지원 가능하다.

마찬가지로 일반 상식과 도덕 및 윤리 시험을 치러 기준 이상의 점수를 받아야 체력 테스트에 임할 수 있다.

다음은 그 기준이다.

종 목	남 성	여 성
팔굽혀펴기	60회	50회
윗몸일으키기	60회	50회
턱걸이	10회	8회
100m 달리기	14초	17초
1,000m 달리기	3분 30초	4분 30초

부사관은 사병보다 강한 체력을 요구하므로 턱걸이 종목이 추가되어 있다.

윗몸일으키기와 마찬가지로 배치기 같이 반동을 이용하는 것은 카운트되지 않는다.

장교는 현재와 같이 사관학교를 졸업해야만 임관될 수 있다. 상당히 높은 필기시험 성적이 요구된다.

체력은 부사관과 동일한 기준을 통과해야 한다.

학사장교와 학군단(ROTC) 제도는 폐지된다. 앞으로는 장교의 숫자가 그리 많지 않을 것이기 때문이다.

장교들을 흔히 '국가의 간성' 이라 칭한다.

간성(干城)이란, '방패와 성' 이라는 뜻으로 나라를 지키는 믿음직한 보루(堡壘)[9] 라는 의미이다.

방패와 성에 남자, 여자가 있을 수 없다. 하여 일단 사관학교에 입학하고 2년이 지나면 모든 것이 동일해진다.

다시 말해 3학년 여성 생도는 3학년 남성 생도와 대등한 체력을 가져야 한다. 이쯤 되면 남녀차별이라고 입에 거품을 물 쿵쾅이들이 분명히 있을 것이다.

그런데 적의 총탄은 남녀를 구분하지 않는다.

전쟁이 벌어졌는데 발만 동동 구르면서 입으로 '오또케' 를 연발하며 구경만 하고 있다면 어찌하겠는가!

장교는 지휘관이다. 총알이 빗발치고 있는데 멍청한 소리나 지껄이고 있다면 어떤 부하가 따르겠는가!

그렇기에 동등한 체력을 요구하는 것이다. 예를 들어, 행군을 할 때엔 동일한 군장을 맨다.

전에는 여성 생도들의 짐을 나눠 남성 생도들이 대신 들어주곤 했는데 향후엔 이렇게 하면 둘 다 퇴교당한다.

여성 생도도 체력을 길러 지휘관이 되어야 하는데 남성 생도들이 방해하는 행위일 뿐이기 때문이다.

<u>유념할 것은 전쟁은 남녀를 구분해가며 진행되지 않는다는</u>

---

9) 보루(堡壘) : 적의 침입을 막기 위하여 돌이나 콘크리트 따위로 튼튼하게 쌓은 구축물

것이다. 따라서 진급에서도 성차별은 없다.

여성이라도 능력이 뛰어나면 조기에 진급할 수 있고, 능력 미달인 남성은 매번 진급 대상에서 누락된다.

최단기간 진급 기간은 하사 2년, 중사 4년이다. 특별한 공을 세우지 않았을 때 진급에 필요한 최소 기간이다.

당연히 평가가 나쁘면 늘어나게 된다.

하여 4년 이내에 중사로 진급하지 못한 하사와 8년 이내에 상사가 되지 못한 중사는 퇴직된다.

한편, 무사히 진급하여 상사로 4년 이상 근무하면 체력 테스트와 필기시험을 거쳐 장교로 임관할 수 있다.

장교가 되는 것이니 준비를 착실하게 해두지 않으면 합격이 쉽지 않을 것이다.

아무튼 부사관으로 입대하여 장교로 진급하는 것은 아무리 빨리 걸려도 10년이 걸리는 일이다. 특별한 공을 세워 특진하는 경우를 제외했을 때 그러하다.

그러니 20살에 부사관이 되었다면 빨라야 30살에 장교가 될 수 있다.

한편, 소위는 사관학교 4년 과정만 이수하면 임관할 수 있다. 따라서 상사 4년 차가 소위보다 나이가 많고, 군에 대해 훨씬 많이 알 수도 있다.

그렇다 하여 바로 영관급으로 진급시킬 수는 없다. 그래서 임관시험 성적에 따라 중위 또는 대위로 임관한다.

이를 원치 않으면 계속 상사로 근무할 수 있다.

장교들도 당연히 계급별 진급 연한이 정해져 있다. 이 기간 내에 진급하지 못하면 군복을 벗어야 한다.

한편, 사병들의 생활관은 2인 1실을 원칙으로 한다. 혹시 있을지 모를 병영 내 부조리를 미연에 방지하기 위함이다.

각각의 생활관은 10평 규모이고, 2개의 벙커침대[10]가 설치되어 있으며, 샤워실과 화장실이 분리되어 있다.

각자의 캐비닛은 있지만 주방과 세탁기는 없다.

휴대폰 반입은 허용되지만 정해진 시간에만 사용할 수 있다. 군내 각종 부조리와 가혹행위가 있을 때 신고할 수 있게 하려는 의도이다.

다만 이를 이용하여 군사기밀을 유출시키는 자는 경중에 따라 형량이 다른데 최하가 징역 30년이다.

본인들은 모르겠지만 군인들의 모든 통신은 도로시가 24시간 내내 감청한다. 따라서 범행을 저지르는 즉시 체포조가 출동한다.

아무튼 미혼인 부사관은 BEQ, 미혼 장교는 BOQ가 배정되는데 둘 다 새로 지은 14평 아파트 정도 된다.

신축 아파트 수준이며 TV와 냉장고, 정수기, 인덕션, 세탁기 등 가전제품 일체가 완비되어 있다.

---

10) 벙커침대 : 2층 침대와 달리 2층에만 매트리스가 있고, 아래엔 책상과 수납공간 또는 서랍장 등을 놓을 수 있는 침대

결혼한 부사관과 장교에겐 계급에 관계없이 가족 수에 따른 아파트가 배정된다.

2인 가족은 20평, 3인 25평, 4인 32평, 5인 40평, 6인 50평이다. 마찬가지로 가전제품 일체가 구비되어 있으며 입주할 때마다 인테리어를 신축 수준으로 제공한다.

장성에겐 준장 60평, 소장 70평, 중장 80평, 대장 100평짜리 관사가 주어지는데 영관급 부관은 있지만, 당번병과 운전병은 없다. 대신 로봇청소기가 제공된다.

*　　　　*　　　　*

지금까지는 부대가 주둔하고 인근지역 상인들이 군인들을 상대로 폭리를 취하는 부조리가 만연했다.

이번 군축으로 날벼락을 맞은 듯한 느낌을 받을 것이다. 폭리의 대상이었던 병사들이 줄어드는 것도 못마땅한데 아예 부대가 다른 곳으로 옮겨가기 때문이다.

휴전선을 사이에 둔 긴장된 대치상태는 소멸된다.

그리고 대한민국과 이실리프 왕국은 인접국으로서 선린우호 관계를 유지하며, 상호불가침조약을 체결할 예정이다.

조약(條約)이라는 것은 국가 간의 권리와 의무를 국가 간의 합의에 따라 법적 구속을 받도록 규정하는 행위이다.

물론 어느 한쪽이 파기하고자 마음만 먹으면 종이쪼가리가 되기는 한다. 그런데 이실리프 왕국과 대한민국, 둘 중 어느 나라가 강자인가?

사람들은 모르겠지만 왕국은 이미 전 세계를 상대로 전쟁해도 완전히 파멸시키고도 남을 전력을 가지고 있다.

진짜 독한 마음을 품으면 모조리 쓸어버려서 지구의 인구를 5억 명 이내로 줄일 수 있다.

남·북 아메리카 대륙은 물론이고, 중동과 유럽 전체를 황무지로 만들고도 남을 능력을 갖추고 있다.

심지어 지구를 쪼개서 모두를 멸망시킬 수도 있다. 이런 왕국이 뭐가 아쉬워서 대한민국을 공격하겠는가!

이미 경제적으로 완전히 장악된 국가이다. 상장사 주식 거의 전부를 가지고 있어 증시 자체가 소멸되고 있다.

거래량이 조금 줄은 게 아니라 형편없이 줄어들었다.

며칠 전엔 1일 주식거래량이 고작 107주였다. 주당 620원인 동전주였는데 누군가 혹시나 하는 마음에 주워갔다.

이 회사는 조만간 폐업하게 될 예정이라 도로시가 주워 담지 않았기에 주식시장에서 거래될 수 있었던 것이다.

어쨌거나 1일 거래량이 100주 정도라면 증권거래소는 문을 닫아 마땅하다. 모든 직원이 놀고먹고 있는데 월급을 꼬박꼬박 지불하는 것은 혈세 낭비이기 때문이다.

아무튼 Y-그룹이 철수하면 대한민국은 얼마 못 가 후진국으로 주저앉게 된다.

국민의 절반 이상이 실업자가 되면 어떤 일이 빚어질까?

절도, 강도, 횡령, 배임, 사기, 폭행, 강간, 살인 등이 판을 치고 범죄율이 엄청나게 상승하게 될 것이다.

게다가 외환이 썰물처럼 빠져나가면 곧바로 IMF에 구원 요청을 해야 한다. 그런데 1998년의 대한민국이 아니다.

따라서 구제금융은 거절당하게 될 것이다. 그러면 곧바로 소말리아나 남수단과 비슷한 상황이 된다.

왜 이런 일이 빚어졌는지, 누가 원흉인지 알려지면 아마 내전이라도 벌어질 것이기 때문이다.

아무튼 이실리프 왕국은 남침할 이유가 없고, 대한민국은 감히 덤벼들어선 안 된다.

그렇다 하여 기죽어 지낼 필요는 없다. 현수가 고깝게 보고 있지 않기 때문이다.

어쨌거나 길고 길었던 대치상태가 끝나니 휴전선 인근이 아닌 국가 전체를 방어할 수 있으며, 유사시 즉각 출동할 수 있는 곳으로 부대를 옮겨가는 것이 맞다.

육군은 그 인원이 1만 5,000명이 된다.

이를 4등분하여 하여 국토의 동서남북 적재적소에 배치하고 이를 동사단, 서사단, 남사단, 북사단이라 칭한다.

별칭으로 청룡사단, 백호사단, 주작사단, 현무사단을 사용하기도 한다.

참고로, 청룡, 백호, 주작, 현무, 즉 사신(四神) 또는 사방신

(四方神)은 본래 지나의 고대사회에서 우주를 상징적으로 이해하는 관념에서 출발한 것으로 알려져 있다.

그러나 이는 사실무근이다.

한반도 서쪽에 있던 놈들은 자기들이 세상의 중심이고, 가장 융성한 문물을 가졌다고 생각했다.

하여 스스로 중화(中華)라는 표현을 쓰곤 했다.

그리곤 세상 가운데서 가장 빛나는 백성들의 나라라는 뜻에서 중화민국(中華民國)이라 불러달라고 했다.

이를 줄여 중국이라고 칭했으나 그건 말도 안 된다.

현재의 대한민국을 기준으로 보면 땅덩어리가 큰 나라(大國)인 것만은 분명하다. 그런데 마음 씀씀이는 밴댕이 소갈딱지보다 작아서 소국(小國)이다.

이를 평균 내어 중국(中國)이라 하는 사람도 있다. 그런데 이것은 그야말로 우스갯소리일 뿐이다.

이 나라의 정식 명칭은 '지나(支那)'이다. 그래서 영문 표현도 'Chi(지)na(나)'인 것이다.

한편, 한국의 한(韓)은 고구려, 신라, 백제 삼국을 아우르는 범칭인 삼한(三韓)이 어원이며, '크다'라는 의미이다.

따라서 한국은 '큰 나라'라는 뜻이다.

한편, 지나는 한자로 '곁가지 국가'라는 뜻이다. 한자의 훈(訓)으로만 따지면 '이 곁가지를 어찌하리오'가 된다.

고조선이 융성했을 당시의 지나인들은 짐승에 가까웠다.

부끄러움을 몰랐고, 예절, 질서, 도덕, 양심 또한 없었다.

게다가 무엇이든 만족할 줄 몰랐기에 매번 얻어터지면서도 그를 잊고 자주 침입하곤 했다.

귀찮아진 고조선에선 문물을 전수해서라도 사람으로 만들려고 하였다. 그렇게 고조선의 힘과 문물을 알게 된 후엔 때때로 조공을 바치곤 했다.

더 까불다간 뒈질 수 있음을 비로소 깨우친 모양이다.

고조선 입장에선 이웃에 있는 놈들이지만 딱히 부를 명칭이 없었다. 하여 '이놈들을 어찌하리오' 라는 뜻에서 지나라는 이름을 내렸던 것이다.

믿지 못하겠지만 이게 진짜 지나의 기원(起源)이다.

얼마 전까지 제주도 남쪽부터 대만에 걸쳐 있는 서태평양 연해를 '동지나해(East China Sea)' 라 칭했다.

아울러 인도차이나 반도와 보르네오 섬, 그리고 필리핀으로 둘러싸인 바다는 '남지나해(South China Sea)' 라 했다.

이 명칭은 지나의 예전 지도에 그대로 명기되어 있다. 스스로 '곁가지 국가' 라는 것을 인정했던 것이다.

아무튼 짐승이나 다름없던 것들의 대가리에 어찌 우주관이라는 것이 담길 수 있겠는가!

따라서 청룡, 백호, 주작, 현무는 고조선에서 지나로 전수해준 관념인데 이를 거꾸로 알고 있는 것이다.

어쨌거나 1만 5,000명인 육군은 4개 사단으로 나뉘어 주둔하게 된다. 그런데 주둔지 주변 상인들은 이전과 같은 폭리를 취할 방법이 없을 것이다.

병사들이 자주 찾는 PC방, 노래방, 호프집, 각종 식당, 야구 연습장, 오락실, 목욕탕, 당구장 등을 모두 부대 내부에 설치·운영할 것이기 때문이다.

면회객을 위한 숙박시설도 조성된다.

부대 인근에서 가장 경치 좋은 곳에 들어설 이곳은 최고급 리조트와 다름없는 시설을 갖춘다.

아울러 버스터미널이나 기차역에서 부대를 오가는 정기 셔틀버스 또는 승합차가 운영된다.

민간인들이 끼어들어 폭리를 취할 여지를 완전히 제거하기 위함이다. 이 모든 일은 국방부나 육군이 아닌 Y─그룹에서 국방지원사업의 일환으로 진행될 일이다.

돈을 벌 목적인 아닌지라 모든 비용이 상당히 저렴하다.

예를 들어, PC방과 노래방, 당구장 이용료는 시간당 200원이고, 목욕탕은 1,000원이다.

리조트 1일 숙박비는 1만 원이며, 호프집에서는 면세 맥주를 취급하고, 프라이드치킨은 한 마리에 2,000원이다.

식당에서 파는 삼겹살, 백반, 파전, 부대찌개, 아귀찜, 해물탕 등은 1인분에 2,000원씩만 받는다. 맛은 보장이다.

마지막으로 터미널이나 기차역에서 부대까지 이동하는 교통비는 1인당 200원이다.

한편, 부사관과 장교, 장성의 급여는 현재보다 나아질 것이다. 하사 연봉은 5,000만 원에서 시작되고, 중사는 5,600만원, 상사는 6,200만 원부터이다.

장교는 소위 7,000만, 중위 8,000만, 대위 9,000만, 소령 1억, 중령 1억 1,000만, 대령 1억 2,000만 원부터이다.

장성은 준장 1억 5,000만, 소장 2억, 중장 2억 5,000만, 대장 3억 원이 시작점이다.

이 금액은 1년에 4회 지급되는 보너스는 제외된 금액이고, 소득세는 징수하지 않는다.

군이 개편되면 군인연금 제도는 폐지된다.

군인들도 다른 국민들과 마찬가지로 국민연금보험에 가입하게 되는 것이다.

따라서 건보료와 연금보험료는 급여에서 원천징수한다.

참고로, 2014년 국방통계연보에 따르면 대장의 평균 연봉은 1억 2,840만, 중장 1억 2,160만, 소장 1억 770만, 준장 9,800만 원이었다.

그리고 대령 9,781만, 중령 8,636만, 소령 6,646만, 대위 4,570만, 중위 2,786만, 소위 2,549만 원이었다.

이 금액에 관리업무수당, 가족수당, 정근수당 등이 추가되면 수령액은 약간 올라간다.

소위 연봉이 2,549만 원이었으니 수당이 아무리 많이 붙어도 7,000만 원을 넘지 못했다.

그래서 계산만 복잡한 각종 수당제도는 싸그리 없앤다. 깔끔하게 연봉 나누기 12를 하면 월급이 되는 것이다.

그리고 2년 이상 복무하면 모두에게 퇴직금이 지급된다. 참고로, 사병의 복무기간은 딱 2년이다. 따라서 만기 전역하면 2개월치 급여를 퇴직금으로 지불한다.

아무튼 2년 초과 근무자의 퇴직금 계산식은 다음과 같다.

> 퇴직금 = 최종 3개월 평균 급여 × 근무년수 × 1.2

예를 들어, 소위로 입대하여 3.5년간 근무하고 퇴직하였을 경우의 퇴직금은 다음과 같다.

675만 원 × 3.5년 × 1.2 = 2,835만 원

참고로, 이 퇴직금에서도 세금은 징수하지 않는다.

이 정도면 군에 몸담을 만하지 않겠는가!

한편, 군인과 그 직계가족들만 출입할 수 있는 면세 마트가 있다. 충성마트라 이름 붙여질 예정인데 오프라인뿐만 아니라 온라인 구매도 가능하다.

충성마트에선 거의 모든 생필품을 취급한다.

면세이니 상대적으로 저렴하다. 예를 들어, 소주(360㎖)는 450원, 맥주(500㏄) 600원이다.

참고로, 군번 또는 군인 직계가족들에게만 부여되는 식별번호가 없으면 사용 불가이다.

이쯤 되면 군인이라는 자부심을 느낄 정도는 된다.

육군보다 인원이 많은 해군과 공군도 재편하여 배치된다.

한반도 동, 서, 남쪽 바다와 영공을 수호하기 가장 좋은 방법이 강구될 것이다. 그리고 조만간 현재보다 훨씬 좋은 군함과 전투기 등으로 무장하게 된다.

아무튼 당분간은 감축되는 인원이 너무 많아서 지출이 크다. 하지만 계속해서 지급하는 것이 아니므로 다음 해부터는 국방비 부담이 크게 줄어들게 된다.

따라서 국가재정은 오히려 여유 있게 될 예정이다.

그나마 다행한 것은 에이프릴 증후군 덕분에 장성과 영관급 장교가 이미 많이 줄어 있다는 것이다.

방산 비리, 국가 기밀 누설, 물자 밀반출, 군납 비리, 인사청탁, 성폭행, 성추행, 횡령, 배임, 사조직 결성, 각종 가혹 행위, 각종 부조리 등 여러 좋지 못한 행위에 연루된 대가를 치른 것이다.

이렇듯 빈자리가 상당히 많아졌음에도 충원되지 않은 이유가 있다. 인사권을 가진 자들 또한 비명 지르느라 바빴기 때문이다. 어쩌면 가장 썩었던 부류일 것이다.

군인 월급으론 도저히 가질 수 없을 각종 부동산과 금융재산 등을 보유하고 있었던 것이 방증이다.

아무튼 젊은 날의 한 때를 꼼짝없이 붙잡혀서 봉사할 필요가 없어진 대학가 젊은이들은 환호성을 터뜨리고 있다.

조만간 입대하게 되었을 고교생들도 마찬가지이다.

다들 '하인스 킴 전하 만세!'를 외치느라 목이 쉴 정도이다. 학교와 학원뿐만 아니라 호프집, 카페, 음식점, 경기장 등 곳곳에서 현수를 칭송하는 이야기를 많이 한다.

Chapter 06

―

번지는 소문

특히 이산가족이 있는 사람들은 꿈에 부풀어 있다.

6.25 전쟁 이후 남북의 분단은 고착화되었다. 늘 으르렁 거렸으며, 수시로 일촉즉발 상황이 발생되기도 했다.

또 다시 전쟁의 포화가 한반도 전역을 휩쓸 위기의 순간이 계속되었던 것이다. 하여 남북으로 흩어진 가족들은 서로를 그리워만 할 수 있었을 뿐이었다.

남한과 북한은 여러 가지가 상이(相異)한데 그 중 하나가 평균수명이다.

2016년 연말 기준 북한의 평균수명은 남성 66.2세, 여성은 72.9세이다. 남한은 남성 79.3세, 여성 85.4세이다.

현재 분단 이후 64년 가까운 세월이 지났다.

북한 남성의 평균수명과 거의 맞먹는 시간이 흐른 것이다. 따라서 조금만 더 지나면 기회를 줘도 만날 수 없게 된다.

휴전선이 만든 비극이다.

분단 고착화가 너무 심해지자 반쯤은 포기하고 살았다.

그런데 죽기 전에 볼 수나 있을까 싶던 가족들을 언제든 볼 수 있게 될 모양이다. 게다가 그 가족들까지 모두 보내줄 수 있다고 하는데 어찌 기쁘지 않겠는가!

하여 한국 정부에선 북에서 내려올 이산가족의 거처 마련과 생활기반을 닦을 수 있도록 특별지원책을 구상하고 있다.

오랜 염원이었던 통일은 아니지만 거의 그에 준하는 잔칫집 분위기인 상태이다. 하긴 대치상태가 완전무결하게 해소된 것만으로도 환호작약할 일이기는 하다.

하여 별다른 반발 없이 새로운 삶을 살기 위해 대한민국으로 오는 이들을 위한 준비 작업이 한창 진행되고 있다.

현수의 인터뷰는 한국만 난리 난 것이 아니다. 휴전선 이북의 모든 곳 또한 크게 술렁이는 중이다.

특히 이산가족과 국군포로 가족들이 그러하다.

언제든 면회할 수 있을 것이며, 원하면 가족까지 모두 한국으로 보내준다고 하니 크게 들떠 있다.

면회는 상시 가능하지만 이주(移住)엔 조건이 붙어 있다. 한 번 가면 다시 올 확률이 전혀 없다는 것이다.

이는 인터뷰에서 확실히 언급된 사항이다.

낙후된 모든 것들이 확실하게 자리 매김하기까지는 어떠한 분란이 있어서는 안 된다는 것이 그 이유이다.

그래서 여러 가지가 없는 국가를 천명했다. 흡연, 도박, 마약, 징집, 종교, 총기, 세금, 선거, 성매매 등이다.

이중에서 가장 먼저 언급한 것은 종교이다.

세상 모든 분란의 원인이 될 소지가 가장 크기에 엄히 금하겠다고 하였다.

이에 대한 대가로 제시된 것은 '세금 없는 세상' 이다.

이밖에 주식 거래도 없다.

현수는 기관이나 세력이 개미라 불리는 개인투자자들의 돈을 빨아먹는 기생충이나 다름없다고 판단하고 있다.

그리고 '개미들의 투자는 도박' 이라 생각한다. 그렇기에 주식 거래를 할 수 없도록 할 것이다.

여럿이 힘을 합쳐 회사를 설립하는 것은 허락하지만 지분을 거래하는 것은 금한다.

피치 못할 상황에 처해 꼭 처분해야 할 지분이 있는데 가치가 있다고 판단되면 국가에서 매입한다.

평가 기준은 매우 까다롭고, 엄격하다. 만일 사사로이 지분 거래를 하다 발각되면 몰수형에 처해진다.

왕국의 회사는 거의 100% 국왕 소유이고, 상장될 확률은 영구히 0%이다. 투자라는 미명 하에 도박하는 기회를 원천 차단하려는 것이 목적이다.

이밖에 콜옵션과 풋옵션이 없고, 공매매와 레버리지 제도 등도 없다. 주식, 채권, 선물, 펀드 등이 없으니 증권사나 투자회사가 없는 것은 지극히 당연한 일이다.

이실리프 왕국은 당분간 쇄국정책을 쓸 예정이다.

국경을 마주하고 있는 국가와는 어쩔 수 없이 수교하고 교류하겠지만 그 나라의 기업이 진입하는 것은 차단된다.

대신 왕국의 기업들 또한 인접 국가로 진출하는 일도 없다. 인접국 이외의 국가들과의 교류는 아예 없다.

쇄국 기한은 왕국의 모든 것이 일정 수준 이상이 되기까지이다. 그전엔 타국과의 외교 수립을 하지 않을 것이며, 어떠한 조건의 방문도 불허된다. 무역에도 관심이 없다.

다만 인접 국가들과의 교역은 한다. 시간만 있으면 모든 것을 직접 만들어 낼 수 있지만 효율 때문이다.

하여 당분간의 물류만 허용할 예정이다.

그러다 일정 수준 이상이 되면 100% 자급자족으로 전환된다. 면봉부터 시작하여 우주 탐사선에 이르기까지 모든 것을 직접 제조한다.

공장형 농장인 스마트팜에선 쌀, 보리, 밀뿐만 아니라 수수, 콩, 팥, 옥수수 등 모든 곡물을 생산해낸다.

감자, 고구마, 생강, 무, 더덕, 도라지, 마, 당근 등 뿌리채소뿐만 아니라 상추, 깻잎 등 잎사귀 채소도 마찬가지이다.

전국 각지의 울창한 숲에서는 각종 과일들을 생산해낸다.

사과, 배, 포도, 귤 등이다. 열대 과일인 파파야, 망고스틴, 망고, 두리안, 아보카도 등도 재배한다.

비싸기로 이름난 송로버섯(트뤼플)과 샤프란(saffron) 또한 대량생산이 가능하다.

스마트팜은 기후, 일조량 등과 관계없다.

따라서 한반도에서 가장 추운 곳으로 알려진 중강진에서도 갓 수확한 싱싱한 열대 과일을 얼마든지 맛볼 수 있다.

참고로, 지구에서 가장 추운 곳은 남극대륙에 있으며 이곳의 평균기온은 −91.2℃이다.

이런 곳에서도 싱싱한 상추쌈을 즐길 수 있고, 후식으로 신선한 망고와 바나나를 즐길 수 있다.

배양육 제조 공장에서는 소, 닭, 돼지, 양, 염소 등의 부위별 고기를 생산한다.

쇠고기를 예로 들자면 안심, 등심, 채끝, 우둔, 차돌박이, 부채, 살치살 등을 구분해서 만들어낼 수 있다.

전해져 오는 말 중 일두백미(一頭百味)라는 것이 있다.

한우 한 마리에서 100여 가지 맛이 나온다 하여 이런 표현이 생긴 것이다.

부위별로 고유한 맛과 향이 다른 한우는 국어사전에 등록된 부위별 명칭만 무려 120가지가 넘는다.

이에 따라 배양육 역시 120가지 이상으로 제조된다.

등급은 근내지방도, 육색, 지방색, 조직감, 성숙도에 따라 1++, 1+, 1, 2, 3등급 및 등외로 나뉜다.

또 다른 기준인 육량등급은 도체에서 얻을 수 있는 고기량을 도체중량, 등지방두께 및 등심단면적을 종합하여 A, B, C등급으로 판정한다.

따라서 1++A와 1++B는 둘 다 육질등급에 있어서는 최고등급인 1++이며, 육량등급에서 A등급과 B등급으로 차이가 있는 것이다.

참고로, 배양육은 대부분 1++A로 제조되는데 가끔 1++B가 생산될 때도 있다. 필요에 따라 아래 등급도 얼마든지 생산 가능하지만 권하지는 않는다.

이뿐만이 아니다.

가방, 허리띠, 자동차시트, 지갑, 구두 등을 제조하는 데 사용되는 소가죽 역시 인공으로 제조된다.

생후 6개월 이내인 송아지를 도축하여 얻어낸 카프 스킨(Calf skin)이라는 것이 있다. 아직 어린데 단지 가죽이 부드럽다는 이유로 잔인하게 도살한 결과물이다.

어찌 이런 걸 두고 보겠는가!

하여 이런 이유로 천연 가죽과 99.99% 동일한 인공가죽을 생산하는 기술을 개발한 것이다.

이밖에 생후 6개월에서 1년 이내인 송아지 가죽 킵 스킨(Kip skin) 등도 생산된다. 이것 역시 천연가죽과 같다.

소가죽뿐만이 아니다.

양, 사슴, 말, 돼지, 악어, 뱀, 토끼, 염소, 타조, 가오리, 엘크, 상어 등의 가죽 또한 인공으로 제조한다.

이밖에 지구엔 없는 오크, 트롤, 오우거, 미노타우르스, 와이번 등의 가죽도 필요에 따라 생산해낼 수 있다.

이에 필요한 모든 데이터는 도로시가 보관하고 있으며, 만능제작기로 즉시 가공된 상태로 만들어낼 수 있다.

이미 무두질[11] 까지 된 상태로 생산되는 것이다.

가축을 도축하지 않아도 되고, 가공 과정에서 발생되는 고농도 폐수가 전혀 배출되지 않으니 일석삼조 이상이다.

어쨌거나 배양육 제조에 필요한 시간은 타임패스트 마법진으로 해결한다. 이 마법이 구현되면 현실 세계에서 6개월 걸릴 일이 불과 10분이면 끝난다.

이렇게 만들어진 각종 육류는 모양, 맛, 냄새, 식감, 영양분 등이 진짜와 99.99% 이상 동일하다.

이는 각종 생선도 마찬가지이다.

한국인이 즐겨먹는 연어, 광어, 우럭, 오징어 회도 인공육으로 즐길 수 있다.

당연히 각종 세균과 기생충 따위는 없다. 따라서 비브리오 패혈증과 노로 바이러스 등을 걱정하지 않아도 된다.

---

11) 무두질 : 동물의 원피(原皮)로부터 가죽을 만드는 공정이며 넓은 뜻으로는 불필요한 성분을 제거하고 유제를 흡수시켜 사용하기 편리한 상태로 만드는 조작

이런 식료품들만 자급자족하는 것이 아니다. 모든 공산품 또한 100% 생산해낸다.

필요한 자원이 부족하다면 다른 영토에서 수급한다.

예를 들어, 코발트가 필요하면 콩고민주공화국에 있는 것을 사용한다. 땅의 정령들이 코발트만 추출하면 일꾼 로봇이 이를 채취, 정련 후 포탈을 통해 보낸다.

지구에 없지만 꼭 필요한 자원이 있다면 달이나 화성 등에서 채취해서 보낼 수도 있다.

자원뿐만 아니라 완제품도 마찬가지이다.

일례로 클로버 스위티 제품군이 필요하면 우크라이나나 러시아의 공장에서 보내게 한다.

포탈마법진을 이용하면 불과 1~2초면 될 일이고, 전혀 번거롭지 않다. 저쪽 공장에서 이쪽 창고로 적재된 상태로 직송되기 때문이다.

채굴, 정련, 추출, 보관까지는 정령 또는 일꾼 로봇이 하고, 물류는 포탈을 이용하므로 비용이 거의 들지 않는다.

게다가 포탈을 이용한 이동엔 또 하나의 이점이 있다.

그 과정에서 모든 세균이 완전히 박멸되는 것이다. 박테리아나 바이러스의 이동을 원천 차단하는 효과가 있는 것이다.

아무튼 이실리프 왕국은 타국과의 교류가 전혀 필요 없는 완전한 생태계를 갖출 예정이다.

그러니 외국과의 교류에 전혀 신경 쓰지 않는다.

어쨌거나 현수의 인터뷰는 남한과 북한뿐만 아니라 일본과 미국 등지에서도 화제가 되고 있다.

지나에 이어 악의 축 하나가 졸지에 사라지는 것이므로 대외정책을 대폭 수정해야 하는 때문이다.

이실리프 왕국이 어떤 태도를 보일지 알 수 없기에 여러 경우의 수를 고려한 정책을 마련하느라 고심하는 중이다.

특히 일본은 북한이 납치해간 것으로 여겨지는 인사들의 송환에 관심이 많다.

현수는 진짜로 납치된 사람이 있는지 확인케 하였고, 본인이 원하기만 하면 언제든 보내줄 의향이 있다.

한편, 곧 이실리프 왕국의 영토가 될 북한 주민들이 크게 술렁이고 있다.

수십 년 간 이어져왔던 공산당의 지배가 끝난다는 충격적인 소식이 전해진 때문이다.

위대한 영도자이신 김정은 국무위원장이 모든 직위를 내려놓고 백의종군을 하며, 공산당 정권이 해체되고, 군부의 모든 장성들 또한 자리를 내놓는다고 한다.

얼핏 들으면 나라가 망한다는 소식 같다.

그런데 세계 최고의 부자인 하인스 킴이 국왕으로 즉위하게 될 것이라고 한다.

인공지능과의 바둑 대결로 그 명성이 만천하에 널리 알려진 천재 중의 진짜 천재인 사람이다.

지난 대결에 이어 2차 대국이 진행되고 있는 중인데 9전 9승인 인류 최고의 두뇌이다.

세상과 거의 단절된 채 살고 있는 북한이지만 이 소식만큼은 널리 알려져 있다. 내놓고 말은 못하지만 거의 전부 베팅에 참여하고 있기 때문이다.

대국이 끝날 때마다 대부분 시무룩한 표정이 된다.

하지만 극히 일부는 터져 나오려는 웃음을 애써 참아내기 위해 얼굴을 찡그린다.

돈을 땄다는 소문이 번지면 사방팔방에서 굶주린 승냥이 같은 일가친척 및 친지들이 달려든다는 걸 알기 때문이다.

                    *   *   *

그 액수가 얼마가 되었든 그들에게 걸리면 그야말로 난도질당한 걸레처럼 널브러지게 된다.

그러고 남은 액수는 아마 쥐꼬리 정도일 것이다.

그렇기에 돈을 따는 순간 거의 대부분 화장실로 간다. 그리곤 지독한 변비 환자 코스프레를 한다. 그래놓고는 터져 나오려는 웃음을 감추기 위해 애써 입을 틀어막는다.

비밀 유지를 위해 가족들에게도 숨겨야 한다는 것이 정론이다. 안 그러면 사방팔방으로 소문이 번지게 된다.

그럼 완전히 거덜 난 거지 신세가 될 것이 뻔하다.

어쨌거나 공화국이 왕국으로 바뀌고 하인스 킴이 국왕으로 즉위한다는 소문은 빠르게 번져나갔다.

공산당의 압제(壓制)에 눌려 살던 주민 대부분 환호하면서도 숨을 죽인다. 혹시라도 공산당이 반동분자들을 색출해내기 위해 펼친 고도의 기만전술일 수도 있기 때문이다.

그러면서도 서로의 의견을 주고받는다.

"어휴! 그렇게 되는 게 차라리 나을 거야."

"맞아! 누가 권력을 잡아도 공산당보다는 낫겠지."

"근데 기 소문이 정말 딘짜일까?"

"동무! 우린 기냥 기러길 바라야 하디 않갔어?"

"맞아! 공식화될 때까지는 다들 입조심 하자고."

"그려, 그려! 잘못 걸리면 뒈지기 딱 좋은 세월이야."

"긴데 말이야! 짱깨놈들이 없어져서 참으로 다행이야."

"응? 기게 무슨 말이가?"

"생각보라우, 짱깨 놈들이 멀쩡했다면 우리 공화국이 왕국으로 바뀌는 걸 보고만 있갔어?"

"아…! 증말 그러네."

"기래, 기래! 그 아새끼들이래 욕심이 좀 사나워?"

"맞디, 맞아! 우리 공화국의 모든 것이 왕국으로 넘어간다면 지랄 발광했을 거이가 분명하디."

북한은 외화부족으로 시달리게 되자 매장된 지하자원 개발권을 팔아넘긴 바 있다.

이렇게 체결된 계약 38건 중 33건을 가져간 곳이 지나이다. 나머지는 미국 2건, 프랑스 2건, 스위스 1건이다.

금, 은, 동, 철광석, 석탄 등 다양한 광산을 지나가 10~50년간 독점적으로 개발하게 되었던 것이다.

이를 위해 적지 않은 돈을 쓰기는 했지만 매장된 자원 규모에 비하면 '새 발의 피 속의 적혈구의 DNA' 정도밖에 안 될 것이다.

어쨌거나 현재는 계약의 정당성을 주장할 주체가 사라졌다. 조직도, 사람도, 서류도 어마어마한 홍수가 모조리 쓸어버린 결과이다.

만일 이런 일이 없었다면 이실리프 왕국이 들어선 후 분명히 딴지 걸었을 것이다.

그러기 전에 모든 권력을 내놓고 물러나겠다는 북한의 수뇌부들을 암살하는 등의 만행을 저질렀을 수도 있다.

아울러 졸지에 기득권을 잃게 되는 군부에 의한 쿠데타를 사주했을 수도 있다.

그렇게 하여 북한 전역이 혼란에 휩싸이면 동맹이라는 명분으로 병력들을 보냈을 것이다.

그러면 북한은 곧바로 지나에 병합되는 최후를 겪게 된다. 따라서 지나의 멸망은 참으로 다행한 일이라 할 수 있겠다.

한반도를 덮친 미세먼지를 줄이기 위해 모든 발전소를 멈추게 하였고, 비를 내리게 하라는 명령을 내렸었다.

그리곤 이 사실을 잊고 있었다. 그래서 일어난 일이 대홍수이고, 쌴샤댐 붕괴이다.

그 결과 장강 이북 지역 전체가 완전히 수몰되었고, 모든 건축물이 깊디깊은 수렁 속에 잠기게 되었다.

그러는 동안 지나 정부와 공산당이 없어졌고, 군부와 무장경찰도 몽땅 다 사라졌다.

지나가 자랑하던 군함과 잠수함은 모두 침몰했고, 전투기들은 떠보지도 못한 채 수렁 속으로 스며들었다.

여기저기에 숨겨놓았던 핵무기들이 그보다 훨씬 일찍 아무 짝에도 쓸모없는 쓰레기였던 것은 아무도 모르는 일이다.

밝달해는 물론이고, 남해와 동해까지 몰려가서 어족자원을 싹쓸이하던 지나 어선들은 모조리 수장되었다.

한국 해경이 접근하면 쇠갈고리 등으로 공격하던 쓰레기 어부들은 전부 고기밥이 된 지 오래이다.

생각해보면 명령을 내리고 이를 잊고 있었던 일은 정말 잘한 일이다. 안 그랬다면 계속 귀찮게 했을 것이다.

얻어터지고도 계속해서 고조선의 영역을 침범하던 짐승에 가까운 지나인들의 DNA가 어디로 갔겠는가!

이제 얼마 남지 않았지만 그래도 한족의 후손들을 남겨두는 것은 옳지 않다. 바퀴벌레 같은 것들이라 새끼를 얼마나 잘 치는지 알기 때문이다.

하여 또 한 번 대대적인 청소를 해서 지워버릴 예정이다.

현재는 알아서 전염병이 창궐해 있고, 극심한 식량난 때문에 서로가 서로를 잡아먹는 아비규환인 상태이다.

그래도 완전한 박멸은 되지 않을 것이다.

세계 각지에 흩어져 있는 화교라는 것들이 있기 때문이다. 이들은 스위티 클로버 제품군으로 대를 끊을 예정이다.

이는 지구상에 존재하는 한족 DNA를 완전히 말살할 때까지 계속될 일이다.

아무튼 북한은 한국과 달리 통신수준이 낮아 이제야 구석구석까지 소식이 번지고 있다.

다들 오랜 굶주림과 학정(虐政)에 지쳐 있던 상황이다. 예전엔 탈북이라는 수단을 통해 이를 벗어날 수 있었다.

그런데 현재는 완전 불가능이다.

압록강이나 두만강을 건너가면 온통 깊이를 알 수 없는 수렁이 되어버린 때문이다.

그나마 현재는 기온이 낮아 얼어붙어 있기에 조심하면 걸을 수는 있지만 자칫 잘못되면 그대로 '꼬르륵'이다.

다시는 세상 구경을 할 수 없는 몸이 되는 것이다.

그럼에도 용감하게 도강(渡江)했던 사람이 있다.

상당히 멀리까지 갔다 왔는데 강 너머 전체가 인적이 완전히 끊긴 그야말로 아무것도 없는 허허벌판이라는 것이다.

그렇게 많던 집이나 건물들이 모두 사라졌고, 사람뿐만 아니라 쥐새끼조차 보이지 않는 완전한 황무지 같다고 했다.

이 소문은 삽시간에 번졌다.

하여 탈북을 준비하던 이들은 모두 손을 놓았다. 탈북하면 빠져 죽거나 굶어 죽는다는데 어찌 감행하겠는가!

이런 차에 왕국이 생긴다는 소문이 번졌다. 이에 사람들은 귀를 쫑긋 세우고 있다.

누가 와서 무엇을 하든 지긋지긋한 공산당 일당 독재보다는 나을 것이다. 늘 숨죽이며 살아야했기 때문이다.

새로운 세상이 열리면 당연히 전보다 나아질 것이다. 더 나빠질 것이 없을 정도로 어렵게 살았기 때문이다.

하여 남몰래 희망에 찬 상상을 하곤 한다. 쌀밥에 고깃국을 먹고 배를 두드리며 노래하는 세상이다.

그러는 가운데 뇌사자가 속출하고 있다.

가만히 지켜보니 공통점이 있다. 못된 짓을 많이 한 악질들이 주로 쓰러지고 있었던 것이다.

공산당과 군 간부들이 많았다. 없이 사는 사람들 중에는 뇌사자가 거의 없다. 일본은 나라 전체가 패닉 상태가 되었지만 북한의 민심은 흔들리지도 않는다.

그저 한마디만 내뱉을 뿐이다.

"썩을 놈들이었는데 정말 잘 뒈졌네."

"새 세상이 열리려고 나쁜 놈들 청소하나보네."

"아새끼들 모두 천벌을 맞은 거이디, 천벌!"

"맞아! 다 뒈져버려야 하디. 진짜 나쁜 놈들이었어."

이 소리를 들은 주민들은 다들 고개를 끄덕여 동의를 하면서도 주위를 살핀다.

얼마나 감시당하면서 살아왔는지 알 수 있는 모습이다.

한편, 한국의 거의 모든 공장들은 아주 바쁘게 움직이고 있다. 모든 생산 공정이 완전자동화로 바뀌는 대전환기를 맞이하고 있는 때문이다.

현재는 생산을 해도 수출할 수 있는 상황이 아닌지라 군소리 없이 상부의 지시에 따른 작업이 진행되고 있다.

먼저 Y—로봇은 각 공정에 적합한 설계를 한다. 그리곤 이에 필요한 각종 기자재들을 주문한다.

납품가는 상당히 후하다. 납품하면 최소 25%의 이익은 볼수 있도록 가격이 책정되기 때문이다.

결제는 당연히 전액 현금이다. 계약할 때 75%를 지급하고, 납품 후 검수하여 이상 없으면 즉시 나머지를 지불한다.

납품받아 조립을 마치면 설치에 나선다. 상당히 섬세하면서도 고난도 작업인지라 일꾼 로봇들이 전담하고 있다.

그 결과는 무인공장이다. 원료 투입부터 생산품 검수 후 창고 적재 및 반출까지 모든 공정에서 인간이 배제된다.

인간은 원료 주문 및 출고 수량 파악 등의 일만 맡는다. 덕분에 한꺼번에 줄어든 외국인 노동자들의 빈자리를 전혀 느낄 수 없게 된다.

어쨌거나 대한민국의 산업계는 대대적으로 개혁되고 있다. 애벌레에서 호랑나비로 변신하는 것과 다름없다.

이 과정에서 일본으로부터 수입하던 소재, 부품, 장비들은 100% 국산화되고 있다. 대기업들은 이를 납품받아 생산 테스트를 하는 중이다.

일부에서 관성적으로 일본산을 쓰자는 의견을 냈지만 최고 경영자는 이를 묵살하고 있다.

지분 거의 전부를 대표하는 인물로부터 이상 없으면 국산으로 생산하라는 지시를 받은 때문이다.

한편, 일본의 여러 기업들은 수출길이 막힌 상태에서도 열심히 생산하고 있다. 에이프릴 증후군 문제가 잠잠해지면 곧바로 납품하기 위함이다.

대신 가격은 상당히 올릴 계획이다. 수출입이 제한된 동안의 손해를 모두 벌충하라는 내각의 지시가 있었기 때문이다.

현수가 어찌 이를 모르겠는가!

도로시로부터 보고를 받은 현수는 코웃음을 쳤다.

"앞으로 일본으로부터 소재, 부품, 장비 등을 수입하는 일은 없어야 할 거야. 각 기업에 그렇게 전해."

"그렇지 않아도 이미 그렇게 하라는 지시를 내렸어요."

"그럼 어느 정도 자립한 거야?"

"15일 후면 100%가 채워져요."

이제 보름만 지나면 지긋지긋한 대일무역 적자로부터 완전히 해방된다는 뜻이다.

이는 신설되는 거의 모든 공장들의 터 닦기부터 생산라인 설치까지 일꾼 로봇이 투입된 결과이다.

도로시는 만능제작기로 또 다른 만능제작기를 연쇄적으로 생산케 하여 그 숫자를 크게 늘린 바 있다.

곧이어 일꾼 로봇과 각종 기자재 및 생산 및 조립설비 등을 생산토록 하였다.

그 결과 약 300만 기의 일꾼 로봇이 활동하고 있고, 모든 공장은 무인 생산라인이 깔렸다.

"다른 것들도 신경 쓰고 있지?"

"어떤 거 말씀하시는 건지요?"

"음, 완전 자율비행 무인 경비정은 어때?"

"최우선적으로 제작 완료하여 배치까지 끝냈어요."

완전 자율비행 무인 경비정은 초소형 핵융합 엔진이 설치되어 있어 최소 1,000년간 독자임무 수행이 가능하다.

현재 한반도 및 영해 상공 매 200㎞마다 한 대씩 떠 있다.

헬리콥터처럼 제자리 비행을 하고 있는데 광학 및 전파 스텔스가 기본이다. 사람의 눈에 뜨이지 않으며 현존 그 어떤 레이더로도 존재를 알 수 없는 것이다.

아울러 적외선 및 열 추적이 불가능하다.

각각엔 유지보수를 위한 일꾼 로봇이 배치되어있어 정비 및 보급 목적인 기지 복귀가 필요 없는 것이다.

사거리 500㎞짜리 고성능 레일건이 장착되어 있고, 원소수 집기와 만능제작기가 있어 스스로 탄자를 제작하여 보급할 능력이 있다.

필요 원소가 부족하면 바다 또는 가장 가까운 뭍에 착륙하여 수집하는데 이를 위한 에너지 또한 자체적으로 해결한다.

따라서 한번 배치해놓으면 별도의 명령을 내리기 전까지 24시간 내내 경계근무에 돌입한다.

"잘 했네. 그럼 무인 스텔스 잠수함은?"

"한반도 인근 수역엔 배치했어요. 최종적으론 밝달해에 50척, 남해와 동해에 각각 100척씩 깔릴 예정이에요."

모든 배치가 마쳐지면 '한반도와 그 부속 도서'를 기준으로 반경 1,000㎞ 해역 전체에서 경계근무를 서는 셈이 된다.

참고로, 마라도에서 오키나와까지 거리는 약 745㎞이고, 대만까지는 1,006㎞이다.

그리고 독도에서 도쿄까지 거리는 734㎞이다.

다시 말해 오키나와 남쪽과 대만 인근 해역, 그리고 도쿄 동쪽 해역 일부까지 감시 및 추적할 수 있고, 필요에 따라 사전 척결 또한 가능하다.

Chapter 07
—
도쿄 앞바다까지

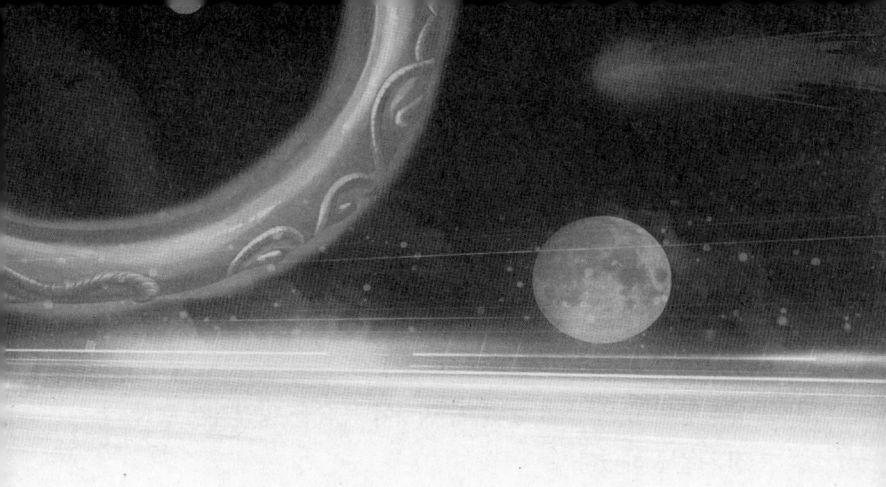

　예를 들어, 2025년의 어느 날 일본 내각의 비밀회동 후 은밀한 지령 하나가 내려간다.

　도쿄로부터 40㎞ 정도 떨어진 지바시(千葉市) 앞 바다에 은닉되어 있던 잠수함에 출항 명령이 떨어지는 것이다.

　지바시는 한때 히타치항공제작소와 히타치제작소 등 여러 군 시설이 집중되어있어 군사 도시로 발전했던 곳이다.

　현재는 관동지방의 주요 거점 중 하나이며, 일본에서 가장 많은 화물을 취급하는 항구가 있다. 그리고 해안가를 따라 상당히 많은 공장과 창고들이 있는 곳이다.

　따라서 매우 번잡한 항구인데 그 복판에 잠수함이 있을 것이라고 누가 상상이나 하겠는가!

일본은 SLBM 개발에 실패하자 내각 조사실 블랙 요원들을 파견하였다.

미국의 UGM—96 트라이던트 I의 설계도를 빼돌리도록 한 것이다.

상당히 많은 돈이 들었고, 여럿이 목숨을 잃었지만 결국 작전은 성공하였다.

그럼에도 미국은 이러한 사실을 모른다. 2005년에 퇴역한 구형이기에 관심도가 적었던 때문이다.

일본은 은밀히 모든 역량을 집중시켜 훔친 설계도에 대한 연구를 하게 했고, 결국 만들어내는 데 성공한다.

3단 고체연료를 사용하는 이것의 무게는 33톤이다. 핵탄두 8발을 탑재할 수 있으며, 사거리는 7,400㎞이다.

은밀히 지바항을 출발한 잠수함은 스프래틀리 군도(Spratly Islands) 해역으로 향한다.

지나, 대만, 말레이시아, 베트남, 필리핀, 부루나이가 서로 자기네 영토라고 분쟁을 벌이고 있는 지역이다.

당사국들은 각각의 군대를 파병하였고, 간혹 군사적 충돌이 일어나기도 하는 곳이기도 하다.

스프래틀리 군도 해역에서 SLBM을 발사하면 가장 먼저 지나를 의심하게 된다.

6개 국가 중 유일하게 잠수함 발사 탄도미사일을 공식적으로 보유한 국가이기 때문이다. 간악한 일본이기에 이이제이(以夷制夷) 전술을 구사하려는 것이다.

타격하려는 곳은 대한민국의 심장인 서울이다.

이게 떨어지면 정치, 행정, 경제, 문화 등 거의 모든 분야가 일제히 정지하게 된다. 핵출력 475kt짜리 탄두 8발이면 충분히 그리고도 남는다.

참고로, 히로시마에 떨어진 리틀보이의 핵출력은 12~18kt이었던 것으로 알려져 있다.

아무튼 도시 전체가 박살 날 수 있는 공격이다. 그런데 이런 움직임을 어찌 도로시가 알지 못하겠는가!

아무리 은밀히 움직여도 즉각적으로 보고, 듣는다.

언제, 어디에서, 누가, 왜, 어떻게, 무엇을, 얼마나 작당했는지 낱낱이 파악하고 그 내역을 기록해둔다.

필요에 따라 녹음하고, 녹화까지 한다. 완벽한 증거를 수집해놓을 목적이다.

상대방의 동의 없는 불법 녹음 또는 녹화가 법정에서 증거로 인정되지 않는다는 개소리를 지껄이는 것들이 있다.

그런데 어떤 불량국가가 다른 국가를 상대로 실행하려는 테러 계획에 무슨 법정이 필요하겠는가?

나쁜 짓을 계획하고. 이를 실행에 옮겨 수많은 사상자가 야기될 상황이라면 법 따위는 필요 없다.

무자비한 응징과 처절한 보복을 가해 즉각적으로 분쇄 내지 멸망의 길을 걷게 하는 것이 순리이다.

그럴 때 왜 다른 나라를 공격하느냐는 국제사회의 물음에 증거로 제시하기 위해 녹음하고 녹화하는 것이다.

사실 쪽발이들을 상대로 이런 증거를 확보하는 일련의 행위는 필요 없다.

왜(倭)는 한반도에 침범하여 약탈, 방화, 강간, 납치, 살인, 폭행, 인체실험 등 온갖 나쁜 짓을 자행했다.

그 횟수가 무려 714번이다. 참고로, 외세가 한반도를 침범한 회수 중 73.6%가 쪽발이들의 벌인 짓이다.

반대로 한반도에서 왜를 상태로 살인, 방화, 약탈, 강간 등을 목적으로 침범한 기록은 없다.

고려 공양왕 1년(1389년)과 조선 세종 원년(1419년)에 대마도 정벌이 있었다.

왜구들의 잦은 침범에 대한 처벌이 목적이다. 하여 막사와 배만 불살랐을 뿐 포로를 잡지 않았다.

어쨌거나 714번은 34년 11개월간 한반도를 식민지로 삼았던 왜정시대를 1로 카운트 했을 때의 숫자이다.

실로 지긋지긋한 놈들이다. 따라서 쪽발이들은 기회가 있을 때 멸망시키는 것이 후손들에게 좋다.

그렇기에 즉각 무인 스텔스 잠수함에게 출항 직전인 잠수함 파괴를 명령한다.

얼마 후, 추살 10호가 발사된다.

참고로 추살 시리즈는 모든 용도로 전환가능하다.

육, 해, 공은 물론이고 잠수함에서도 사용할 수 있다. 최고 속력은 마하 24.5(30,000㎞/h)이다.

당연히 현존 기술로는 요격 불가능하다.

그리고 한 번 목표물이 되면 끝까지 쫓아가서 결국엔 완전히 박살내는 것으로 임무를 완수한다.

게다가 일타쌍피 혹은 일석이조 이상도 가능하다.

예를 들어 전투기 1,000대와 교전을 할 경우 발사될 추살은 채 1,000개가 안 된다.

1 : 1 대응뿐만 아니라 먼저 박살나는 것으로 인한 2차, 3차 피해까지 계산에 넣기 때문이다.

어쨌든 추살 10호엔 정제된 하프늄 10㎏이 담겨 있다. TNT 1만 1,025톤이 동시에 폭발하는 위력을 보인다.

참고로, 1945년 8월 6일에 투하된 원자폭탄 '리틀보이'는 TNT 1만 5,000톤의 위력을 가졌었다.

따라서 거의 원자폭탄급 폭발로 순식간에 아수라장을 만든다. 그럼에도 방사능으로 인한 폐해는 없다.

그 결과 지바시에 막대한 피해가 발생한다. 강력한 후폭풍은 도쿄와 요코하마 등에도 피해를 입히게 된다.

출항하려던 잠수함과 전함이 있다면 당연히 완전히 박살난 채 가라앉게 된다.

폭발의 여력이 발생된 해일은 도쿄만 안에 있던 선박들 거의 모두 수장시키거나 박살낸다.

최선의 방어는 공격이라는 말이 있다. 하여 문제가 발생하기 전에 그 원인을 제거하는 것이다.

그리고 상대의 살을 취하려다 뼈가 부러질 수 있음을 깨닫게 하는 교훈을 내리려는 의도이다.

문제는 이 공격을 누가 가했는지 알 수 없다는 것이다. 추살은 그 크기가 너무 작은데 속도는 너무 빠르다.

레이더 감지가 불가능한 데다 스텔스 잠수함의 은밀성까지 더해져 정말 귀신도 속일 정도이다. 하여 누가 공격했는지도 알지 못한 채 우왕좌왕하게 될 것이다.

일본 내각에서는 SLBM이 오폭된 것을 의심하게 될 것이다. 원자폭탄급 폭발이기 때문이다. 그런데 방사능 유출이 없으니 고개만 갸웃거리다 끝날 것이다.

어쨌거나 무인 스텔스 잠수함의 배치가 완료되면 그 어떤 적이라 할지라도 접근하기도 전에 박멸시킬 수 있다.

참고로, 스텔스 잠수함은 유사시 최대 5분간 시속 500노트로 잠항할 수 있다. 시속으로 환산하면 무려 926㎞/h이다.

세상에서 가장 빠른 어뢰 보다 훨씬 더 빠르다.

따라서 현존하는 어떠한 무기로도 스텔스 잠수함을 격침시킬 수 없다. 불과 5분만에 77㎞나 이동하는데 어찌 타격 할 수 있겠는가!

이런 엄청난 속도가 가능한 이유는 퍼펙트 그리스와 그레이트 헤이스트 마법진이 각인되어 있는 때문이다.

이게 없다면 최고 속도는 200노트에 불과하다. 마법으로 무려 2.5배나 향상시킨 것이다.

아무튼 이런 시간제한을 둔 이유는 선체에 너무 강한 압력이 가해진다는 점과 너무 빨라서 수중 생태계 교란현상이 빚어지기 때문이다.

스텔스 잠수함은 다른 잠수함이나 해상초계기에 의한 탐지가 불가능하다.

하긴 괜히 스텔스라는 명칭이 붙겠는가!

이것에도 유사시를 대비한 일꾼 로봇과 만능제작기가 배치되어 있다. 그렇기에 귀환 없이 장기간 임무를 수행한다.

한반도를 지키는 것은 이것뿐만이 아니다.

우주에 떠 있는 인공위성들은 워낙 해상도가 높아서 바다에 떠 있는 1인승 카누나 카약까지 식별한다.

태평양 한복판에서 헤엄을 치는 돌고래가 있다면 이 또한 확실하게 포착할 수 있다.

2010년 국토해양부에서 공식 집계한 자료에 의하면 한반도에는 3,358개의 섬이 있다.

482개가 유인도이고, 나머지 2,876개가 무인도이다.

무인도 중 몇몇 곳에 지상 레이더 기지가 설치된다.

가로, 세로, 높이가 각각 2m에 불과한데 광학스텔스 상태라 눈에 보이지 않는다.

평상시엔 할당된 공간을 감시하는 임무를 맡는다.

하늘과 땅, 그리고 바다와 그 아래까지 모두 관찰하고 이상이 감지되는 즉시 보고한다.

만일 기지 파괴를 목적으로 접근하는 사람이 있다면 적아(敵我) 판단 후 자체 방어를 위한 '빙탄'을 발사한다.

빙탄은 탄환처럼 작은 얼음 속에 신경가스가 담긴 것이다. 인체에 박히거나 스치면 그 즉시 휘발되도록 제작되었다.

신경가스의 독성은 말초신경계에서 신경세포의 나트륨펌프[12] 작용을 방해한다. 이렇게 되면 인체의 신경신호 전달이 차단되어 금방 사망한다.

워낙 미량인데다 검시(檢屍)할 때쯤이면 공기 중으로 휘발하여 사라지므로 사망원인이 파악되지 않는다.

지상 레이더 기지에도 12개의 추살이 배치된다. 자체 방어용이다. 접근하는 적의 미사일이나 전투기를 격추시키고, 적의 군함과 잠수함을 격침시키는 데 사용된다.

아무튼 하늘과 땅, 그리고 바다에 설치될 경계망은 한반도를 난공불락인 철옹성으로 둘러싸는 것이나 다름없다.

그럼에도 한국 정부에겐 무인 스텔스 잠수함과 완전 자율비행 무인 경비정, 그리고 초고해상도를 가진 인공위성과 지

---

12) 나트륨펌프 : 세포막에 위치하는 1차능동수송 담당 막단백질. 아데노신 3인산(ATP)을 가수분해하여 에너지원으로 하고, 1회 작동할 때마다 나트륨 이온 3개를 세포 밖으로 내보내고 칼륨 이온 2개를 세포 안으로 들여보내는 역할을 함

상 레이더 기지가 있음을 알려주지 않을 것이다.

대한민국을 수호하기 위한 목적이 아니기 때문이다.

순망치한(脣亡齒寒)이라는 말이 있다.

직역하면 '입술이 없으면 이가 시리다'는 뜻을 가진 고사성어이다. 서로 돕는 사이인 둘 중 하나가 망하거나 불행해지면 다른 한쪽도 그 영향을 받게 된다는 의미를 가졌다.

현재의 상황을 보면 한반도 북쪽 대부분을 차지하고 있던 지나는 이미 멸망 상태이다.

아무것도 남은 게 없어서 남은 지나인들의 역량으론 재건하는 데 최소 1,000년은 걸릴 정도이다.

물론 그렇게 하도록 가만히 내버려두지 않을 것이므로 사실상 재건 불가능이다.

한편, 비록 동쪽 끄트머리이기는 하지만 국경을 마주하고 있는 러시아가 있다.

이실리프 왕국과는 지극히 우호적인 우방국이다. 배반하고 뒤통수를 칠 확률은 거의 제로에 수렴한다.

그렇게 할 수 있도록 내버려두지 않을 것이기 때문이다.

이밖에 거리가 제법 먼 곳에 위치한 몽골이 있다.

국력이 융성하지 않고, 인구가 적으며, 군사력이 약해 감히 이실리프 왕국을 넘볼 확률이 없는 국가이다.

따라서 북쪽에서 이실리프 왕국을 도모할 만한 적은 없다.

대한민국에서 북침할 확률도 0%에 수렴된다.

그런 짓을 획책할 만한 놈들 거의 전부가 이미 뒈져버린 상태이기 때문이다.

게다가 Y—그룹이 정계, 언론계, 재계, 산업계 등을 확실하게 장악하고 있다. 이뿐만이 아니다. 도로시는 24시간 내내 거의 모든 국민을 들여다보고 있다.

*   *   *

누구든 음모를 꾸미면 곧바로 신일호 등의 방문을 받아 이승에서의 삶이 끝나게 된다.

대한민국의 국방부는 흔히 '포방부'라 불린다. 혹자는 '화력덕후'라고도 칭하는데 포병 및 기갑전력이 어지간한 군사 강국의 육군 전력을 압도하는 수준이라서 그렇다.

이 밖의 모든 전력까지 동원된 북침을 결정하더라도 이내 지리멸렬하거나 멈춰 서게 된다. 유류, 식량, 피복, 탄환 등 일체의 군수지원을 받을 수 없을 것이기 때문이다.

군수품을 납품하는 회사 전부가 현수의 지배를 받으니 당연한 일이다.

이러니 이실리프 왕국은 매우 안전하다.

반면, 한반도 아래쪽 대한민국은 사정이 다르다.

동쪽엔 족제비 같은 일본이 있고, 남서쪽엔 아직 멸망하지 못한 지나가 있다.

장강 이북과 달리 제법 높은 산지가 많아서 엄청난 폭우가 쏟아졌지만 피해가 상대적으로 적었던 곳이다.

그럼에도 모든 전력이 끊긴 상태라 졸지에 청동기 또는 철기 시절 비슷한 세상이 되어 있다.

내부 분란과 각종 전염병 등으로 인해 아직은 혼란이 거듭되고 있어 외부로 눈길을 돌릴 여력이 없다.

그럼에도 만일을 생각하지 않을 수 없다. 인간은 어떠한 경우라도 빠져나갈 수단을 강구하는 종족이기 때문이다.

일본과 지나 이외에도 동남아 각국 또는 여러 중동 국가들 중에서 대한민국을 집어삼키려는 야욕이 영원히 없을 것이라곤 아무도 보장하지 못한다.

그래서 대한민국에 변고가 생기면 이실리프 왕국도 귀찮아질 수 있다. 순망치한인 상태가 되는 것이다.

그렇기에 보이지 않는 곳에서 묵묵히 수호해줄 목적으로 잠수함과 경비정, 그리고 레이더 기지를 배치하는 것이다.

이 밖에 이지스 항모구축함인 충무함도 배치될 예정이다.

눈에 보이지도 않고, 레이더에 잡히지 않으며, 소음 발생이 거의 없어 소나 추적조차 불가능한 불침 항모이다.

동시에 10만 개의 표적을 추적하며, 사정거리 안에 있다면 모두 파괴할 능력이 있다.

참고로, 3차원 위상 에너지 레이더의 탐지거리는 10,000㎞이다. 위성들과 링크되면 지구 전체를 감시할 수 있다. 한편,

추살의 최대 사정거리는 1,500㎞이다.

목표로 지정되면 끝까지 쫓아가서 결국엔 박살낸다.

KAI에서 제조될 새 전폭기 송골매 200기가 탑재되는데 F—22보다 훨씬 뛰어난 성능과 위력을 가진 병기이다.

이전엔 마법을 쓸 수 없었기에 무장탑재 중량이 1만 5,564㎏, 최고 고도 25.172㎞였다.

이제는 많이 달라졌다.

기체 길이 9.7m, 날개 폭 9.7m, 높이 4.3m인 송골매의 무장 탑재 중량은 1,000,000㎏로 바뀌었고, 최고 고도는 무제한으로 변경되었다.

경량화 및 공간확장 마법과 반중력 마법 덕분이다.

전투반경과 무장 항속 거리는 지구 전체로 확대되고, 워프 비행이 가능해져 지구 반대편까지 불과 1초면 간다.

최고 속도는 마하 4로 제한된다. 조종사가 견뎌내는 것에 어려움을 호소할 것이기 때문이다.

이런 게 200대나 실려 있으면 충무함은 혼자서 지구 전체와 맞붙어도 결코 패하지 않는다.

참고로, 충무함은 방어용이 아닌 공격용이다. 누군가의 침공이 계획되면 먼저 타격하기 위해 제작되는 것이다.

*　　　　*　　　　*

2017년 1월 29일 일요일 오후 2시.

드디어 '인간 최고수 vs 최첨단 인공지능'의 제2 대결의 피날레를 장식할 마지막 10국이 있는 날이다.

한국 시각으론 2017년 1월 30일 오전 3시이다.

그런데 시청률이 무려 96.5%이다.

아직 잠자리에 있어야 할 새벽이지만 오늘은 설날 연휴에 이은 대체휴일이다.

한국은 거의 모든 가정에서 많든 적든 베팅에 참여했다.

9국을 마치고 사흘 동안 쉬는 동안 수없이 많은 전문가 의견이 인터넷에 도배되었다.

10국까지 하인스 킴이 이기면 통산 전적 19전 19승이다.

이 기록은 스포츠 경기의 그 어떤 기록보다도 우월하다.

투수로 출전하여 메이저리그의 모든 팀들을 상대로 연속경기 퍼펙트게임을 하는 것보다도 위대한 것이다.

그 이유는 다음과 같다.

지난 1차 대국 이후 절치부심한 알파고는 상당히 많은 프로기사들과 온라인 대국을 했다.

24시간 내내 여러 기사들과 대국을 했는데 최종 전적은 8,116전 8,116승이다. 동시에 여러 기사와 소위 속기(速棋)라 하는 대결을 한 전적이다.

어느 날 온라인 바둑계에 '감마고'라는 닉네임이 등장했다.

자신의 대결 신청에 응해 1승을 거둘 때마다 그 즉시 10,000달러를 지급한다고 하였다.

이에 의심 품을 사람을 고려하여 누군가 서명한 지급 보증서를 게시했다.

아울러 승자에게 지급될 10,000달러는 캘리포니아 주 산타 클라라 법원에 공탁(供託)[13] 되어 있다는 증서도 게시되었다.

10,000달러면 한화로 1,175만 7,500원이다. 적다면 적고, 크다면 큰 액수인지라 금방 화제가 되었다.

감마고는 동시다발적으로 고수들을 상대로 대국 신청을 했다. 기사들은 이를 거부하지 않았다.

지면 본전, 따면 횡재이기 때문이다. 그렇게 대결이 시작되었고 감마고가 연전연승을 거뒀다.

사람들은 숨은 고수가 모습을 드러낸 것으로 인식했다.

알파고 같은 인공지능이 또 있을 것이라 생각하지 못한 것이다. 실력을 드러냄으로써 포스트(post) 하인스 킴을 노린다고 여긴 것이다.

다시 말해 하인스 킴과의 대국 이후 본인이 알파고의 상대가 되려고 일부러 등장한 것으로 알려지기 시작한 것이다.

아무튼 계속 무패 전적을 쌓아가자 한국의 프로기사 바둑 연구실 등에서도 알게 되었다.

세계 최고의 실력을 가진 기사들이 드글드글하는 곳이다.

13) 공탁(供託) : 법령에 따라 공탁소에 금전, 유가증권 및 물건 등을 맡김으로써 일정한 법률적 효과를 얻는 제도

그들과 차례로 대국을 했지만 어느 누구도 이길 수 없었다.

그런데 바둑이나 장기를 두다 보면 곁에서 훈수하는 사람이 있을 수 있다. 더 고수라서가 아니라 대국 당사자들이 보지 못하는 것을 볼 수도 있기 때문이다.

바둑연구소 멤버들은 자존심이 강했다. 하여 편법이지만 1승을 거두기 위해 의논해가며 바둑을 뒀다.

집단지성으로 상대했던 것이다. 그럼에도 전패했다.

이러니 투수가 메이저리그 모든 팀을 상대로 연속 퍼펙트게임을 하는 것과 비교하는 것이다.

아무튼 이번 대국을 마지막으로 하인스 킴과 알파고의 대결은 더 이상 이루어지기 어려울 것으로 추측된다.

조만간 일국을 이끄는 국왕의 자리에 즉위하는데 어찌 가볍게 내기바둑을 두겠는가!

이번 10국마저 승리를 취하면 인공지능을 상대로 전승을 기록한다. 다시 둬서 한 번이라도 패하면 그 기록이 깨진다.

따라서 이번이 마지막이라 생각하는 것이다.

아무튼, 이번 10국은 거의 모든 인류의 시선이 집중되어 있다. 인간 최고 천재의 마지막 대국이기 때문이다.

전승 기록으로 마감했으면 하는 사람도 있고, 패해서 19전 18승 1패라는 기록이 되기를 바라는 이들도 있다.

전자는 아직은 인간이 인공지능보다 낫기를 바라며 10승에 돈은 건 사람이고, 후자는 1패에 걸었다.

처음엔 '패한다'가 월등히 많았다.

지난 사흘간 알파고는 무지막지한 업데이트를 했고, 이 사실은 뉴스로 보도된 바 있다.

한 번이라도 이기기 위해 칼을 갈았다는 뜻이다.

현수는 인간이기에 이젠 지칠 때도 되었고, 컨디션이 안 좋으면 실수를 범할 수도 있다.

두 의견이 종합되면서 패한다가 훨씬 우세하게 된 것이다. 굳이 비율로 따지자면 9 : 1 정도로 1패쪽이 많았다.

실력도 있지만 운이 따라줘서 모두 이겼지만 이젠 질 때도 되었다는 의견이 대다수였던 것이다.

하긴 어떤 카지노든 블랙잭에서 19번 연속 플레이어가 돈을 따거나, 바카라에서 19번 연속 뱅커가 칩을 쓸어갈 확률은 거의 없다는 것에 이견(異見)이 없을 것이다.

그래서 이번엔 질 것이라는 의견이 대세가 된 것이다.

문제는 돈이다.

베팅했는데 진짜로 현수가 패하면 받을 돈이 너무 적다.

100원을 걸었는데 10원도 못 받을 정도가 되자 베팅을 취소하는 사람도 있었다. 따 봐야 얼마 안 되고 잃을 확률은 산술적으로 50%나 되니 아예 게임을 포기한 것이다.

참고로 이번 베팅엔 특별한 룰이 있었다. 베팅 후 30분 이내라면 취소 가능하다는 것이다.

실수로 클릭했을 때를 배려한 것이다. 그래서 게임 포기가 가능했던 것이다. 아울러 감액이나 증액도 할 수 있다. 인간의 욕심을 자극한 배려이다.

그런데 어제 아침에 중대한 변수가 생겼다. 불과 두 시간만에 어마어마한 금액이 추가로 베팅된 것이다.

지금까지는 하인스 킴이 패한다가 대세였는데 '10국도 이긴다'에 거액이 걸렸던 것이다.

그 결과 승패 비율이 완전히 뒤집혀 거의 2 : 1이 되었다.

현수가 패한다에 건 베팅액이 100원이었다면 200원 넘게 받을 정도가 된 것이다.

그러자 베팅 액수가 급격히 늘어났다. 2배 이상 딸 수 있다면 해 볼 만하다고 여긴 것이다.

그에 따라 '이긴다'에도 많은 돈이 걸리면서 양측 모두 베팅액이 크게 늘어났다.

그 결과는 '패한다'에 약 6조 달러, '이긴다'는 12.3조 달러 정도가 걸렸다. 대국 5분 전에 마감된 기록이다.

총액 18조 3,000억 달러는 인류 최대의 도박 금액이다.

한화로 환산하면 물경 2경 1,503조 원이니 사상 최대인 것이 분명하다.

어제 오전, 대한민국의 새 국회는 2017년의 국가 예산을 400조 원에서 360조 원으로 수정하였다.

총액의 10%나 삭감시킨 것이다.

그 내역을 보면 가장 먼저 여성가족부와 통일부에 배당되었던 예산이 전액 삭감된 것을 확인할 수 있다.

여가부는 이미 해체하는 것으로 결정되었으니 당연하다.

통일부와 행안부 소속 이북5도위원회와 이북5도청에 배정되었던 예산 역시 삭감되었다.

휴전선 이북에 이실리프 왕국이 건국됨으로써 더 이상 할 수 있는 일이 없어서이다.

참고로, 이북5도는 평안도, 함경도, 황해도, 미수복 경기도, 미수복 강원도를 일컫는 것이었다.

참고로, 여가부에서 행한 온갖 헛짓거리를 기획했던 것들은 전원 낙도(落島)로 발령되었다.

도착하면 그곳 공무원들이 가장 기피하는 부서에 배치될 것이고 보직 변경은 당분간 없다.

이에 응하지 않으려면 사표를 쓰고 나가야 하며, 영원히 공직에 발을 들여놓지 못한다.

배정된 임지에서 근무하더라도 근무 태만 또는 기물파손 등의 사고를 일으키면 그에 대한 응분의 처벌을 받게 된다.

음주운전 또는 갑질 등은 당연히 엄히 다스려진다.

이들은 아무리 성실히 근무하더라도 다시 육지에서 근무하는 일은 없을 것이다. 공무원도 직장인이니 성실하게 근무하는 것이 너무도 당연한 일이기 때문이다.

다시 말해 모든 공무원들은 당연히 성실해야 하니 그에 상응하는 포상은 없다.

그간 막대한 예산을 헛짓거리나 하는 데 소모시켰을 뿐만 아니라 거지발싸개 같은 조치를 취해 많은 국민들의 마음을 불편하게 한 죄에 대한 대가이다.

Chapter 08
—
행정은 3류, 정치는 4류

그중 하나는 '위안부 피해자 할머니들에게 한마디 상의 없이 위안부 문제 협상을 타결해버리는 일' 까지 저질렀던 것이다. 이는 절대로 용서받지 못할 죄에 해당된다.

아무튼 이런 징계성 발령을 받은 것은 현수의 의사에 따른 처벌이다. 따라서 죽음과 동시에 영혼이 말살된다.

이 밖에 거의 모든 관변단체에 대한 모든 지원을 끊어서 예산을 크게 절감시키기로 했다.

지방자치제도가 부활하면서 지역 정치에 관변단체 출신들이 많이 진출했다는 것은 주지의 사실이다.

현재에도 하나의 진출 통로처럼 활용되고 있다.

하여 새마을운동중앙회, 한국자유총연맹, 그리고 바르게살기운동 중앙협의회 등을 필두로 한국예총, 대한노인회, 한국소비자연맹, 대한체육회 등에 대한 지원을 전액 삭감시켰다.

앞에 언급된 단체들은 지역 정치를 통해 영향력을 행사하기도 한다. 그런데 사회단체보조금을 받으면 선거를 앞둔 모임이나 행사에 규제를 받아야 한다.

그런데 이런 원칙을 지키지 않는다.

국민의 정치 참여를 말릴 수는 없으니 재정적으로 독립시켜야 더 이상의 불법행위가 저질러지지 않는다.

그래서 모든 지원을 단숨에 끊도록 한 것이다.

아울러 법령을 제정하여 효과가 의심되는 공무원의 해외연수 및 시찰 예산도 전액 삭감되었다.

해외연수나 시찰은 '한국보다 발달된 선진국을 둘러보면서 뭔가를 배워오려는 것' 이 주된 목적이다.

한국이 후진국이거나 개발도상국이었던 시절엔 정말 그런 효과가 있었을 수도 있다. 그런데 현재의 대한민국은 더 이상 후진국이거나 개발도상국인 상태가 아니다.

김영삼 정부 시절인 1995년 4월 13일.

삼성그룹 이건희 회장은 베이징 주재 한국 특파원들과 오찬 간담회를 가졌다. 그 자리에서 다음과 같이 말했다.

"솔직히 얘기하면 우리나라는 행정력은 3류, 정치력은 4류, 기업경쟁력은 2류로 보면 됩니다."

다소 파격적이었다는 평가를 받은 이 발언은 '기업이 뛰려고 하면 발목이나 잡는 행정규제에 대한 비판' 이었다.

2년이 지난 후 이 회장은 모 언론과의 인터뷰에서 이에 대한 질문을 받고 다음과 같이 말했다.

"지금 점수를 매기라고 해도 후한 점수를 주기 힘들 것 같다."

참고로, 대한민국은 1997년 12월에 IMF에 구제금융을 신청했다. 덜떨어진 정치인과 공무원들이 그릇된 판단을 한 결과이다. 그래놓고는 모두 국민들 탓으로 돌렸다. 덕분에 수많은 기업이 도산했고, 많은 국민들이 진짜 개고생을 했다.

언급은 안 되었지만 아마 '국민은 1류' 라는 소리를 듣고 싶었을 것이다.

물론 대한민국 국민들은 단결력 강하고, 총명하다. 그런데 '선거철만 되면 집단으로 병신 같은 선택' 을 한다.

고쳐지지 않는 고질병 같은 단점만 극복해내면 진짜 '국민은 1류' 라는 소리를 들을 수 있을 것이다.

엄밀히 말하면 대한민국 국민은 3류도 못 된다.

이를 극복하기 위해선 국민 개개인이 조금 더 소양을 쌓고, 견문을 넓혀야 하며, 시야를 넓게 가져야 한다.

눈앞의 자그마한 이익에 혹해 귀중한 한 표를 헛되이 행사하는 머저리 같은 짓은 그만해야 한다.

아무튼 대한민국은 이미 선진국 반열에 올라가 있다.

좀처럼 고쳐지지 않는 단점이 있음에도 '일부 국민들' 의 역량이 뛰어나기에 얻은 결과이다.

지금까지는 유럽이나 미주가 선진국이라 생각해왔다. 한때 가전을 제패했던 일본 포함이다.

그런데 실상을 들여다보면 현재의 대한민국이 오히려 조금 더 앞서 있고, 점점 더 차이를 벌릴 예정이다.

특히 일본은 선진국 지위를 박탈해야 할 국가이다.

겉보기엔 그럴듯하지만 속을 들여다보면 조악하기 이를 데 없는 짝퉁과 다름없는 국가이기 때문이다.

아울러 국민 중 상당수가 '4류도 못 되는 찌질이 내지 무뇌아' 수준이기 때문이다.

일본의 10대~20대 중에는 한 부모 가정에서 자랐거나 가정형편이 어려워 의무교육조차 제대로 마치지 못한 채 성인이 된 사람들이 많다. 그래서 읽기, 쓰기 및 단순 계산조차 못하는 사람이 많다.

반면 한국의 거의 모든 젊은이들은 읽기와 쓰기, 그리고 사칙연산을 숨 쉬는 것처럼 한다.

따라서 일본과 한국의 격차는 점점 더 벌어질 예정이다.

각설하고, 공무원들의 해외연수 및 시찰은 더 이상 필요치 않은 요식행위일 뿐이다.

게다가 인터넷이라는 아주 훌륭한 도구가 있다. 그러니 굳이 해외로 나가서 견문을 넓히지 않아도 된다. 클릭질 몇 번이면 원하는 정보를 습득하는 세상이 되었기 때문이다.

따라서 국회의원을 포함한 그 어떤 공무원과 의회 의원 등도 해외연수 또는 시찰을 나갈 이유가 없다.

하여 혈세로 외국 관광 나가는 걸 법률로 금한 것이다.

다만 대통령과 국무총리의 해외순방을 수행하는 경우는 예외로 두었다. 외교에 필요한 행사이기 때문이다.

이번 국회는 법안을 수정하여 지방의회 의원들이 해외 시찰을 갈 경우 전액 자비 부담하는 것으로 고쳤다.

지금까지의 명분은 선진국 시찰 또는 선진의회 견학이다.

그 기록을 보면 여행기간이 10~14일 정도였는데 공식 방문지는 2~3곳에 불과한 경우가 대부분이었다.

나머지는 관광지 순회 중심이었다. 시찰이나 견학 목적이 아니라 처음부터 관광 목적이었던 것이다.

여행경비를 뒤져보니 1인당 공식비용만 400만 원 이상이었고, 500만 원을 넘긴 경우도 적지 않다. 본인 부담이었다면 아예 나갈 생각조차 하지 않았을 것이다.

지방 의회의원들은 혈세가 낭비되지 않도록 감시해야 하는 신분이다. 그런데 오히려 낭비를 하고 있었던 것이다.

한줌도 안 되는 것들이 떵가떵가 하면서 혈세를 낭비하는 꼴을 어찌 두고 보겠는가!

실제로 모 의회에서 1인당 440만 원이 넘는 경비를 들여 기껏 해외연수를 보냈다.

그랬더니 한 놈은 술 처먹고 현지 가이드를 폭행했고, 다른 한 놈은 집요하게 접대부가 있는 술집으로 안내하라는 요구를 했다고 한다.

이런 게 무슨 시찰이고 연수란 말인가!

이래서 구(區)와 군(郡) 단위 이하 기초 자치단체 의회는 모두 해산시키라는 목소리가 있는 것이다.

따라서 자치단체법 또한 많은 개정이 필요하다.

현재 서울시의회 의원 수는 총 110명이고, 이를 보좌하는 의정지원 사무처 직원 수는 343명이다.

서울시의 행정구역은 25개 구로 이루어져있다.

따라서 의원 수는 1구당 2명인 50명이 적당하고, 이들을 보좌하는 사무처 직원은 100명이면 충분하다.

선거를 잘해 유능한 인재들을 뽑으면 453명이 하던 일이지만 150명이 충분히 감당할 수 있다.

이는 예산을 줄이는 효과가 있으니 일석이조이다.

아무튼 공무원 및 의회의원들의 해외연수 및 시찰에 관한 예산 전액을 삭감한 것은 아주 잘한 일이다.

굳이 가고 싶으면 본인 부담으로 가는데 공무원이나 의원 자격이 아닌 자연인(自然人)[14] 신분으로만 갈 수 있다.

휴가기간에 본인 돈으로 해외여행하는 것까지는 막지 않겠다는 것이다.

국민들은 '티끌 모아 태산'이라는 말을 이번에 실감했을 것이다. 요소요소의 불요불급한 예산들을 삭감한 총액이 무려 40조 원이나 되었기 때문이다.

매년 연말이 되면 멀쩡한 보도블록을 갈아엎는 일이 수십년간 지속적으로 벌어졌다.

정치인의 치적 쌓기와 공무원의 행정편의주의로 인한 혈세 낭비의 전형적인 예이다.

예산이 남으면 반환해야 마땅하다.

그런데 그러면 다음 해부터 배정되는 금액이 줄어든다는 이유로 남은 예산을 다 쓰기 위해 일부러 멀쩡한 보도블록을 교체해왔던 것이다.

그래서 모든 보도의 상태를 점검하여 이를 기록으로 남기도록 하고, 사고 등으로 파손되기 전에는 내구연한을 채울 때까지 교체하지 못하게 한다.

문제는 대한민국의 모든 보도 상태를 점검하는 일은 결코 만만치 않은 것이다.

---

14) 자연인(自然人) : 법이 권리능력을 인정하는 자연적 생활체로서의 인간. 재단이나 사단인 법인(法人)에 대립하여 개인을 가리키는 데 쓰이는 개념

그 길이가 엄청나게 길기 때문이다.

당연히 많은 인원이 동원되어야 하고, 시간이 오래 걸린다. 이러면 또 많은 돈이 들어간다.

그런데 그걸 어찌 두고 보기만 하겠는가!

현재의 대한민국은 역동적으로 체질개선을 하는 중이다. 이것만으로도 대단히 힘이 든다.

아마 도로시의 적절하면서도 주도면밀한 지원과 충고 내지 지시가 없었다면 상당히 오래 걸렸을 일이다.

아주 복잡한 미로 한복판에 떨어졌는데 출구에 당도할 때까지 마시고 먹을 음식과 잠자리를 제공하고, 길 잃지 말라고 유도선까지 그어준 것과 마찬가지이다.

도로시는 위성을 이용하여 자료수집을 했다.

초고해상도이기에 전국의 모든 보도를 정밀하게 촬영하게 했고, 이를 기록으로 남긴 것이다.

당연히 체계적으로 잘 분류된 상태이다.

따라서 적절한 검색어를 입력하면 원하는 자료를 즉각 확인할 수 있다.

어느 동네의, 어떤 블록이, 언제 깔렸으며, 현재의 상태가 어떤지, 교체주기는 얼마나 남았는지, 교체한다면 그 비용과 시간이 얼마나 될지를 단숨에 확인할 수 있다.

예를 들어 '씹다 뱉은 껌이 붙은 보도'를 검색하면 어떤 곳의 어느 블록인지도 확인 가능하다.

향후 매 1주일마다 반복해서 데이터를 수집하게 된다.

날씨 좋은 날의 사진 또는 영상으로 보도블록의 상태변화를 주시하려는 것이다. 따라서 멀쩡한 보도블록 교체로 예산을 낭비하는 일은 더 이상 어려울 것이다.

국가 재정은 국민들이 낸 세금으로 이루어져 있다.

그리고 이를 혈세(血稅)라 한다. '피와 같은 세금'이라는 뜻으로, '귀중한 세금'을 비유적으로 이르는 말이다.

이런 혈세가 헛되이 사용되거나 일부 양심 불량인 자들의 주머니로 맥없이 흘러드는 일은 없어야 한다.

공무원 중 일부는 초과근무 수당으로 농간을 부리고 있다.

도로시가 전년 1~6월까지 서울의 모 구청 초과근무 수당 지급액을 확인하고 내린 결론이다.

자료를 파악해보니 이 구청의 공무원들은 월평균 53.8시간씩 더 근무한 것으로 계산되었다.

이를 대입하면 평일 기준 하루 평균 초과근무 시간이 3시간 30분 이상이었다는 뜻이다.

그렇다면 이 구청의 모든 공무원들은 아침 9시에 출근하고, 밤 9시 30분을 넘어서야 퇴근했다는 뜻이다.

이게 말이 되는가?

어쩌다 하나나 둘이 아니라 구청 소속 모든 공무원들이 하나도 빠짐없이 매일 밤 9시 30분을 넘겨서 퇴근했다.

이걸 누가 납득하겠는가!

언론 보도에 의하면 초과근무 수당을 받아내려고 공무원의 지문이 찍힌 실리콘 손가락을 동료 또는 부하가 대신 인식시키는 장난질을 했다.

이는 지능적인 도둑질이다. 어찌 그냥 놔두겠는가!

당연히 찾아낼 것이고, 이미 지급된 금액 전체를 회수할 예정이다. 아울러 인사상 불이익은 당연한 일이다.

이걸로 끝이 아니다. 더 이상 이따위 불법행위가 통하지 않도록 모든 수단을 강구할 것이다.

휴대전화 위치 추적, 신용카드 사용시각, 자동차 운행상황, 도처에 깔린 CCTV를 이용하면 금방 파악할 수 있다.

*　　　　*　　　　*

이렇게 새고 있는 구멍을 틀어막으면 다음 해 예산은 더 많이 줄어들게 될 것이다. 이런 항목이 많아지면 진짜로 티끌 모아 태산을 또 경험할 수 있다.

그리고 이는 국민들의 세금부담을 크게 줄이는 일이다. 누구나 세금을 내고 있으니 모두가 행복해지는 길이다.

그렇다면 당연히 실행에 옮겨야 한다. 하여 현수에게 보고하지 않고 이미 진행하고 있다.

도로시의 계산에 의하면 새거나 낭비되는 구멍을 모두 틀어막으면 내년 예산은 300조 원 아래가 된다.

40조 원이나 줄였는데 60조 원을 더 줄일 여지가 있다는 뜻이다. 게다가 다음 해엔 공무원 숫자가 크게 줄어들며, 동시에 국방부 규모도 대폭 축소된다.

이렇게 되면 2019년 예산은 추가로 40조 원을 더 줄일 수 있다. 400조 원이 260조 원으로 감소한다는 것은 35%가 빠진다는 것이다.

이러면 세금을 덜 걷어도 된다.

그럼에도 당분간은 현행 세제를 유지할 필요가 있다. 막대한 국가 부채를 줄여야 하기 때문이다.

2016년 연말을 기준으로 하면 대한민국 정부의 채무액은 약 627조 원이다.

국가예산이 140조 원이 줄고, 매년 일정액을 상환하면 수년 이내에 채무 없는 국가가 된다.

그 후부터는 채무상환에 들어가던 돈을 더 이상 지급하지 않아도 되니 2020년부터는 매년 180조 원 정도만 있으면 나라를 꾸려갈 수 있게 된다.

만일 2020년 예산을 200조 원으로 잡으면 모든 공무원 급여를 100% 인상해줄 수 있게 된다.

물론 물가가 상승하지 않았을 때의 일이다.

어쨌거나 그렇게 해도 지금 내던 세금이 절반으로 줄어든다. 그러면 복잡다단한 세금 항목을 대폭 줄여서 국민들에게 혜택을 줘야 한다.

예를 들어 휘발유를 넣고 운행하는 2,000cc급 자동차를 구입하게 되면 다음과 같은 세금이 붙는다.

개별소비세	차량 출고가격 × 5%
교육세	개별소득세 × 30%
부가가치세	(출고가격+개별소비세+교육세) × 10%

이 차를 본인 명의로 등록하면 다음 비용이 든다.

취득세	차량가액(부가세 제외) × 7%
공채매입비	차량가액의 20%(경차 제외)

다음은 차량 보유에 드는 비용이다.

자동차세	1cc당 200원
지방교육세	자동차세의 30%

마지막은 운행할 때 내는 세금이다.

유류세	리터당 529원(휘발유)
교육세	개별소비세의 15%
주행세	유류세의 26%
부가가치세	주유소 판매가 × 10%

이뿐만이 아니라 민자 고속도로를 이용할 때 내는 통행료에도 10%의 부가가치세가 붙는다.

아울러 일반 주차장 이용 시 지급하는 주차비에도 10%의 부가가치세가 붙는다.

건강보험 지역가입자인 경우엔 자동차 배기량을 기준으로 산정한 금액을 더 납부해야 한다.

나라에서 자동차 한 대 가졌다고 뽕을 뽑아먹는 셈이다.

국세청 입장에서 보면 자동차란 줄기차게 세금이 뿜어져 나오는 굵은 빨대 꼽혀 있는 효자이다.

폐차할 때까지 절대로 봐주는 법 없이 징수한다.

대체 어떤 놈이 이렇게 많은 세금들을 매겨놓았는지 모른다. 그런데 세금 내기 좋아하는 사람은 없다. 따라서 이런 세금을 징수하게 만든 놈은 때려 죽여도 시원치 않다.

아무튼 이미 매긴 세금에 또 다른 항목으로 세금을 더하고, 또 그것들을 합산한 금액에 대한 세금을 내라고 강요했으니 세금에 세금이 덕지덕지 붙어 있다.

미국을 건국한 벤저민 프랭클린은 다음과 같은 말을 했다.

"인생에서 절대로 피할 수 없는 두 가지가 있으니 그것은 죽음과 세금이다."

그런데 '예외 없는 법칙은 없다.'라는 말이 있다. 영어 문법을 공부할 때 많이 듣는 말이다.

이실리프 왕국은 그 예외가 될 예정이다.

죽음까지는 막아주지 못하지만 세금은 단 한 푼도 징수하지 않아 국민 부담을 없애준다.

참고로, 세금 없는 국가는 의외로 많다.

바하마, 바레인, 브루나이, 쿠웨이트, 카타르, 모나코, UAE, 오만, 몰디브, 케이맨 제도가 그러하다.

산유국이 대부분이다.

아무튼 한국이야 유전이 없으니 세금을 걷지 않으면 국가가 존속할 수 없다.

그러니 징수는 하되 그 금액은 낮춰줄 필요가 있다.

특정계층이 아닌 전 국민이 혜택을 받을 수 있도록 세법을 손보면 된다.

국세청 자료에 의하면 2016년에 징수한 부가가치세는 약 61조 8,282억 원이었고, 유류세는 15조 3,030억 원, 교육세 4조 8,808억 원, 농어촌특별세 3조 6,370억 원이었다.

이것들 전부를 합치면 85조 6,490억 원이다.

게다가 공직에 있으면서 부정부패로 사리사욕을 채우는 한편 사회를 불공평하게 오염시켰고, 국민을 섬겨야함에도 오히려 개돼지 취급을 하던 것들이 엄청 많이 돼졌다.

이번 대통령은 작은 정부를 지향한다고 천명했다.

하여 에이프릴 증후군으로 인해 빈자리는 가급적 내부 승진시키겠다고 천명했다.

다만 내부에서 해결할 수 없는 경우는 외부에서 수혈한다.

예를 들어, 비리와 결탁하여 황천으로 향한 판새와 검새들이 비운 자리는 변호사들 중에서 청렴하고, 오염되지 않은 인물을 골라 임명한다.

거의 전부 국회에서 천거한 인물들이다.

사전에 도로시의 점검을 거쳤으니 이전과는 사뭇 달라지리라 생각한다.

어쨌거나 상부의 빈자리를 밑에서 채우면 하부조직이 부실해진다. 하여 공무를 보조케 하거나 단순 업무 대부분을 공익요원들에게 맡긴다.

실수를 하더라도 바로잡으면 크게 문제될 일 없는 업무가 이에 해당된다.

사회복지사가 하는 일 중 자원봉사자 모집관리 또는 대상자 연결, 그리고 후원자 개발 및 모금활동 같은 업무이다.

당장은 이렇게 하지만 차츰 업무 효율을 높여 한 사람이 여러 몫을 하도록 바뀌게 된다. 전체 공무원 수를 자연스럽게 감소시키기 위한 계획이다.

어쨌거나 줄어들게 될 예산은 약 140조 원이다.

따라서 여러 세금항목을 아예 없애는 것도 괜찮을 듯싶다.

아마 국민 모두가 쌍수를 들고 환영하게 될 것이다.

당장 거의 모든 상품 또는 서비스 가격이 10% 정도 낮아지기 때문이다. 한 달에 200만 원을 지출하던 가정이라면 대략 20만 원 정도가 덜 나가게 된다.

이 돈으로 외식을 하여 경제를 순환시킬 수도 있고, 저축으로 미래를 대비할 수도 있다.

이를 어떤 국민이 싫어하겠는가!

어쨌거나 이번 대국에 걸린 돈은 2017년 대한민국 예산의 60배 정도 되는 엄청난 거액이다.

그렇기에 수많은 사람들이 새벽 3시가 넘었음에도 TV 앞에 모여 있다.

대부분 '승과 패' 중에 하나를 선택하는 것에 배팅했다. 확률이 50%이니 해 볼 만한 도박이다.

승에 베팅한 사람은 현수를 응원할 것이고, 패에 베팅했다면 실수하기를 원할 것이다.

그렇게 이목이 집중된 가운데 알파고가 먼저 착점 했다. 이에 현수는 잠시도 머뭇거리지 않고 대응 수를 놓았다.

그런데 누가 봐도 아무 데나 놓은 것 같다.

이를 보고 있던 22살 이광호는 부르르 떨더니 제 팔뚝을 쓰다듬는다. 바둑을 둘 줄 알기 때문이다.

이번에 또 어떤 '신의 한수' 일까를 생각하니 갑자기 소름이 돋았던 것이다.

"와아~! 진짜 긴장된다. 너는 안 그래?"

이광호의 자취방에 놀러온 곽인철은 무표정하다. 굶지말라고 라면 한 박스를 사온 친구이다.

편의점 알바를 하다 알게 되었는데 아주 살갑다. 하여 친구가 된지 거의 일 년이다.

"바둑은 하인스 형님이 두시는데 니가 왜 긴장을 해?"

"나, 이번 대국이 328수에 끝난다에 베팅했어."

"엥? 승패만 건 게 아니고?"

이게 무슨 잠자다 남의 다리 긁는 소리냐는 표정이다.

둘은 어제 각각 5만 원씩 승과 패에 배팅을 했다.

광호는 승, 인철은 패에 걸었다. 누가 따든 잃은 사람 본전을 채워주고도 남으면 밥을 먹기로 했다.

"웅! 근데 그거 배당 비율이 얼만지 알아?"

"몰라. 얼만데?"

"374.4배야. 엄청 많지?"

"헐! 개 많네. 근데 그래서 얼마나 베팅했는데?"

"200만 원!"

"뭐어? 이, 이백…? 너 혹시 등록금 내려던 그거야?"

"그거 맞아!"

"헐…, 야! 이 미친놈아. 그거 다 날리면 어쩌려고?"

"어쩌긴? 어차피 이번 학기 등록 못 해."

"엥? 등록금이 얼만데?"

"471만 3,000원. 그리고 과비 9만 원도 내야해."

"뭐야? 너네 학교는 등록금 낼 때 과비도 받아?"

"웅! 그거 안 내면 시험성적에 불이익 준대."

"미친…! 야, 그게 말이 되는 소리냐?"

"엉, 당연히 안 되지. 근데 어쩌겠냐?"

"어쩌긴 뭘 어째? 안 낸다고, 배 째라고 해."

"그럼 성적 엿같이 준다는데. 어떡해?"

"와아! 지금이 어떤 세상인데…? 너네 학교 미쳤다."

"내가 생각해도 너무해. 근데 방법이 없어. 다 내는데 나만 안 내면 그렇지 않아도 아싼데 완전 외톨이 되잖아."

"그래도 그렇지!"

"어쨌거나 과비 포함해서 480만 3,000원이 있어야 해."

"아! 근데 너 지난달에 엄마 병원비 보내드렸지? 그래서 돈이 모자란 거야?"

"웅! 300만 원 송금하고 200만 원 남았어."

이광호는 겨우내 노가다를 뛰어 간신히 500만 원을 맞춰놨었다. 1학기 등록금과 교재비를 마련해놓았던 것이다.

생활비는 동네 편의점 알바로 충당할 생각이었다. 그런데 엄마가 뺑소니사고를 당했다는 연락이 왔다.

부랴부랴 내려갔는데 다행히 목숨 위태로운 정도는 아니지만 응급수술을 받았다.

그런데 거동이 불편하여 간병인이 필요했다. 엄마도 여잔데 광호가 대소변을 받아내는 건 마뜩치 않기 때문이다.

경찰에서 범인을 찾지 못했기에 우선은 먼저 병원비 등을 지출해야 한다. 나중에 범인이 잡히면 보험사로부터 돈이 나올 것이니 되돌려 받으면 될 일이다.

아무튼 당장 간병인이 있어야 하는데 어쩌겠는가!

바로 송금해드렸다. 그 전화를 받을 때 둘 다 노가다 현장에 있었기에 곽인철도 아는 일이다.

"그럼, 나머지를 다 건거야?"

"뭐 어차피 등록도 못할 상황이니까."

"야! 그래도 그렇지. 그거 다 잃으면 어쩌려고?"

"어쩌겠냐? 군대나 가야지. 쓰벌~!"

"어휴~! 젠장이다. 진짜…!"

곽인철은 고개를 설레설레 흔든다.

지금껏 지켜본 바에 의하면 이광호는 심성 곧고, 예의바른 친구이다. 키는 적당하고, 몸집도 평균은 된다.

외모가 괜찮게 생겨서 편의점 알바 할 때 여러 여자들이 번호를 물어볼 정도이다.

한 가지 흠이 있다면 지독히도 가난하다는 것이다.

광호의 부친은 췌장암으로 세상을 뜨셨다.

췌장의 체부와 미부에 발생하는 암은 초기에 거의 증상이 나타나지 않는다. 그래서 복통을 느껴 병원을 방문했을 때는 이미 늦은 시기였다.

하여 길지 않은 병원 생활을 하시다 돌아가셨다.

문제는 그 다음에 일어났다. 장례를 치르고 얼마 지나지 않아 은행이 대출금 회수에 나선 것이다.

진즉에 만기연장을 했어야 했는데 경황이 없어 시기를 놓쳤던 것이다. 할 수 없이 전세 살던 집을 내놓고 보니 불과 500만 원 정도가 남았다.

아버지 병수발을 하느라 수입은 끊겼는데 적지 않은 지출이 있었던 때문이다. 이광호가 여덟 살 때의 일이다.

그 후 모자는 단칸 월세방으로 거처를 옮겼고, 엄마는 식당에서 설거지 일을 시작하셨다.

변변히 쉬는 날도 없이 아침부터 오밤중까지 일을 하고도 손에 쥐는 것은 얼마 되지 않았다.

광호의 엄마는 선천적으로 몸이 약했다.

그래서 자주 몸살을 앓았는데 쌍화탕 같은 걸 먹으면서 버티는 것엔 한계가 있었다.

하여 여러 번 해고당하는 아픔을 겪었다.

그러는 동안 월세는 계속해서 상승했고, 지출은 점점 더 늘어나야 했다. 수입은 변변치 않은데 일이 비정기적인지라 가난을 벗어날 수 없었던 것이다. 물가 상승률도 한몫했다.

그래서 중학생 때부터 알바를 했다.

Chapter 09
—
아멘! 나무관세음보살!

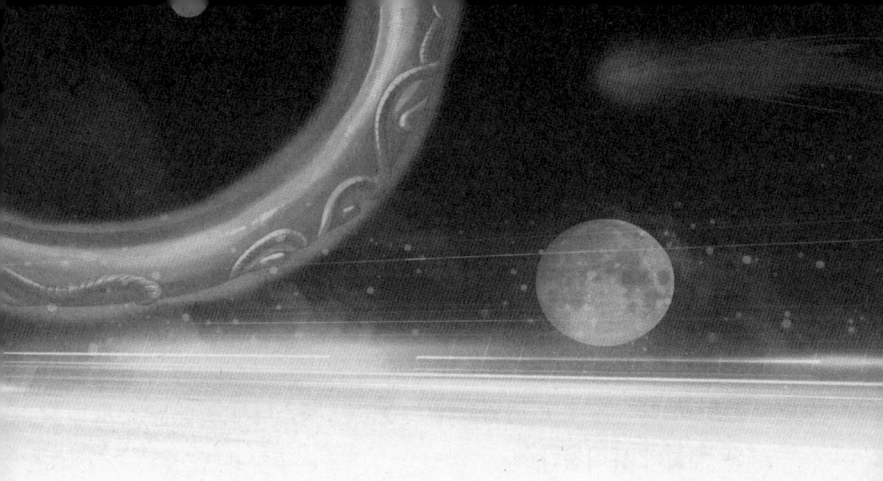

　새벽엔 신문과 우유를 배달했고, 방과 후엔 갈빗집에서 주차 안내를 하는 한편 숯불을 피우고, 잔심부름도 했다.

　그래 봐야 몇 푼 되지 않았지만 그래도 꾸준히 했다. 안 그러면 진짜 입에 풀칠만 하면서 살아야했기 때문이다.

　다행히 타고난 머리가 있어 공부는 곧잘 했다. 그래서 대학엔 붙었지만 문제는 입학금과 등록금이다.

　그래서 고3 때 처음으로 건설현장에서 노가다를 시작했다.

　처음 배치된 곳은 조적공 보조였다.

　기능공들이 작업하기 편한 곳에 벽돌을 가져다놓는 한편 모르타르를 개거나 정리와 청소를 했다.

그러면서 줄눈 넣기를 배우는 중이다. 벽돌 또는 블록 사이의 틈을 메워주는 작업이다.

덕분에 일당이 조금 올라서 이번 학기 등록금을 벌었고, 엄마에게 약간의 돈을 보내줄 수도 있었다.

그러고 남은 돈이 500만 원이었던 것이다.

하여 안심을 하고 있었는데 느닷없는 뺑소니사고 때문에 모든 계획이 틀어졌다.

경찰과 통화해보니 뺑소니 운전자를 찾는 것이 쉽지 않다.

비 오는 늦은 저녁, 하필이면 인적 드문 골목에서 일어난 사고인데다가 CCTV가 없고, 목격자도 없다.

골목 인근에 주차되었던 차의 블랙박스 영상에 희망을 걸었는데 그때, 어떤 차가 그곳에 주차되어 있었는지 확인할 방법이 없다. 그곳의 CCTV가 고장 나 있었던 것이다.

하여 목격자 또는 블랙박스 영상을 가진 사람을 찾는다는 현수막 하나를 걸어놓은 것이 전부이다.

그런데 블랙박스 영상은 며칠만 지나면 덮어쓰기가 되어 버린다. 그리고 그 며칠은 이미 지나갔다.

경찰은 뺑소니 운전자를 찾지 못할 확률이 상당히 높지만 최선을 다하겠다고 하였다.

한편, 국토교통부는 '뺑소니 피해자 구조제도'를 시행하고 있다. 보상받을 수 없는 피해자에 대한 최소한의 구제를 목적으로 국가에서 시행하고 있는 사회보장제도이다.

병원 치료를 받으면 최고 2,000만 원까지 지원받을 수 있는데 소정의 구비서류를 관계기관에 제출하면 되는 일이다.

그런데 이광호와 엄마는 그러한 사실을 알지 못한다. 이런 걸 알려줄 수 있는 사람이 주변에 없는 때문이다.

어쨌거나 이번 학기 등록은 물 건너갔다. 다시 건설 현장에 나가면 돈이야 벌 수는 있을 것이다.

그런데 1학기 등록기간이 2월 2일부터 8일까지이다.

마감일 기준으로 보면 이제 겨우 열흘 정도 남았는데 노가다로 어찌 300만 원을 벌겠는가!

모든 대학이 납부기간 내에 등록을 못하면 추가등록 기회를 주고 있지만 광호는 이러한 사실을 알지 못한다.

늘 궁색하게 살아서 그러하다.

하여 동기들과 커피 한 잔하거나, 학식을 같이 먹는 등의 어울림이 없었다. 선후배와는 더더욱 그러하다.

주머니에 돈이 없으니 혹시라도 커피나 음식 값을 치러야 하는 상황을 만나는 것이 두려웠던 것이다.

그래서 동기는 물론이고, 선후배와의 관계가 단절되어 있다. 아무도 관심 갖지 않는 아웃사이더 상태인 것이다.

하여 추가등록 기회가 있다는 걸 알지 못하는 것이다.

하다못해 사회보장제도 혜택을 받으면 별 문제 없는데 그런 걸 몰라 자원입대를 할 판이다.

학자금 대출이란 방법이 있다는 걸 알지만 광호는 대상이 아니다.

고등학교 때까지 살던 곳도 반지하였다. 여름만 되면 눅눅하고 곰팡이가 스는 그런 집이다.

대학에 합격하여 자취방을 얻은 직후 그 집에서 나가달라는 요구를 받았다. 지은 지 너무 오래되어 철거 후 재건축을 하기 때문이라고 하였다.

하여 엄마가 기거할 집을 찾으러 다녔는데 분명한 기준은 반지하는 절대 안 된다는 것이다. 건강 때문이었지만 무엇보다 곰팡이 냄새가 지긋지긋했던 때문이다.

그러다 마음에 드는 집을 찾았다. 그런데 보증금이 부족했다. 먹고 살기에도 바빠 누군가와 친교를 나누지 못하는 세월을 보냈다. 마땅히 빌릴 만한 곳이 없었기에 궁여지책으로 여러 카드를 발부받아 현금서비스로 해결했다.

그리고 그게 연체 되었다. 아마 신용불량자로 등록되어 있을 것이다. 하여 학자금 융자를 거절당한 것이다.

아무튼 이번 대국에 거액이 걸렸다는 걸 모르는 사람은 없다. 국민 거의 전부가 베팅할 정도로 분위기가 달아있다.

그래서 도박공화국이라는 비아냥이 있을 정도이다.

이광호는 인터넷으로 배당률을 찾아보았다.

지금까지의 전적을 보면 150수 이내, 또는 340수 이상에서 끝날 확률은 거의 없다. 이것들을 빼고 고르다 보니 328수에 베팅하게 된 것이다.

다 고만고만했는데 328수만 374.4배였다. 그래서 두 눈 질끈 감고 200만 원을 질러버렸다.

어차피 등록도 못 하는데 안 되면 다 날리는 거고, 되면 7억 4,880만 원을 배당 받는다. 소정의 수수료를 떼지만 세금을 떼지 않으니 무조건 7억 원 이상을 받게 된다.

그러면 고생 끝, 행복 시작이다.

군대 가는 대신 등록금을 납부하고, 엄마가 살 집부터 살 생각이다. 삼척은 25평 아파트 가격이 1억 원 정도이다.

엄마에게 3억 원을 주고, 나머지 4억만 있으면 빚 청산하고도 대학 졸업 후 자리를 잡을 때까지 충분할 것이다.

그래서 어젯밤의 광호는 미친놈처럼 히죽거렸다. 왠지 374.4배를 배당받을 것 같은 기분이 든 때문이다.

대국을 기다리면서 이런 저런 궁리를 하느라 눈이 새빨갛게 충혈 되어있지만 기분만은 최상이다. 기분 좋은 긴장감과 두근거림이 뇌리를 지배하고 있기 때문이다.

문득 곽인철이 묻는다.

"야! 근데 만일 니가 돈을 딴다고 쳐. 그럼 나한테 뭐 주는 거 없냐?"

"뭐…, 뭐라고?"

"나한테 아무것도 없냐고. 200만 원의 374.4배면 7억이 넘잖아. 근데 입 싹 씻으려고?"

인철은 광호보다 상대적으로 형편이 낫다. 신발가게를 운영하는 부모와 함께 살아서 그러하다.

지금껏 한 번도 굶지 않는 건 인철의 공이 크다. 오늘처럼 가끔 라면 한 박스씩 넣어줬기 때문이다. 어찌 고맙지 않은가! 아무런 보답도 바라지 않는 순수한 호의였다.

그런데 뭐 한번 제대로 대접한 적이 없다.

가끔 말도 안 되는 이유로 돼지갈비를 사라고 해놓고는 지가 먼저 계산을 하곤 했기 때문이다.

"뭘 원하는데?"

"너! 구두 약속도 지켜야 한다는 거 알지?"

"그래, 인터넷에서 본 적 있어."

"흐음! 뭘 해달라고 할까?"

인철은 부러 짓궂은 표정을 짓는다. 한편, 광호는 대체 어떤 요구를 할지 알 수 없어 불안했다.

분위기상 원하는 것을 주겠다는 약속을 해야 할 듯싶다. 그런데 그 약속을 하면 줘야 한다.

법원 판례가 있다는 걸 알기 때문이다.

어떤 사람이 복권을 샀고, 당첨되면 2억 원을 주겠다는 약속을 했다. 그런데 진짜 당첨되어 14억 원을 수령했다.

그런데 돈이 아까워서 8,000만 원만 주었다. 그러자 상대가 소송을 걸었다.

이에 법원은 구두로 한 약속도 지켜야 하니 나머지 1억 2,000만 원을 지급하라는 판결을 내렸다.

이래서 구두 약속도 법적 효력이 있다는 판례가 생겼다.

한편, 곽인철은 이광호가 불안해하는 걸 보곤 피식 웃는다. 그리고 이렇게 말하였다.

"좋아! 내가 특별히 봐준다. 돈 따면 우리가 매번 가던 돼지갈비집 있지? 거기서 두 번 사."

"사거리에 있는 거기?"

"그래 거기!"

"거기서 두 번이라고? 그래, 알았어. 살게."

광호는 내심 안도의 한숨을 내쉬었다. 2번이라고 해봤자 10만 원이면 해결될 것이기 때문이다.

대화하는 사이에 대국이 이어지고 있었다.

알파고가 수를 두면 하인스 킴은 거의 즉각적으로 다음 수를 둔다. 더 좋은 수가 있을 것이라 생각하고 말고 할 여지가 없다는 뜻이다.

지난번과 마찬가지로 처음엔 마구잡이로 아무데나 돌을 놓는 듯했다.

그런데 이미 경험이 있어서 그런지 해설자들은 그 수에 대한 이런 저런 이야기만 할 뿐 '잘했네, 잘못 했네'를 이야기하지 않는다.

아니, 그러지 못한다.

국기원이 인정한 프로기사지만 본인들은 인간계 기사이고, 하인스 킴은 천상계에서도 수위를 다툴 천재 중의 천재 기사라는 걸 인정하고 있기 때문이다.

1차 대국 때 해설자는 현재 쥐구멍 속으로 들어갔는지 대외활동을 하지 않고 있다.

현수가 두었던 것에 대해 명백한 패착이라고 해설을 했는데 나중에 보니 그게 신의 한 수가 되어 승리를 결정짓는 수가 되었던 것이다.

전문가랍시고 한마디 했는데 온갖 쪽은 다 팔렸으니 어찌 얼굴을 들고 다니겠는가!

현재는 집안에 틀어박힌 채 반복해서 복기하면서 그 수의 진정성을 뼈저리게 학습하는 중이다.

자고로 '남자는 세 뿌리를 조심해야 한다.' 는 말이 있다.

언제 어디서든 말조심하라는 뜻의 '혀뿌리', 만질 것과 그러면 안 될 것을 가려야 하는 '손뿌리', 마지막으로 함부로 휘둘렀다가 신세 망칠 '거시기' 가 있다.

해설자는 혀뿌리 한번 잘못 놀렸다. 그 결과는 집콕이다. 아마 꽤 오랫동안 사회생활하기 힘들 것이다.

인터넷에 떠도는 밈(meme) 때문이다.

여러 게시판을 서핑하다 보면 흑인 넷이 춤을 추면서 관을 메고 가는 짧은 영상이 있다.

이 영상은 다양한 방법으로 활용되고 있다.

해설자들은 이렇게 말했다.

"아! 저건 뭐죠? 뭘 저렇게 둔 거죠?"

"그러게 말입니다. 명백한 패착입니다."

"저건 말이에요. 바둑을 전혀 둘 줄 모르는 초보자도 하지 않을 실수죠. 안 그렇습니까?"

"제 생각도 동일합니다. 실수가 분명합니다."

"오늘 대국 만방으로 끝날 것 같네요. 안 그래요?"

"동의합니다. 수십 집 이상이 될 것 같아요."

"바둑을 정식으로 배우지 않아서 그런 거 아닐까요?"

"그게 가장 큰 이유겠죠."

"네! 오늘은 더 볼 것도 없을 것 같습니다. 하인스 킴의 패배가 분명합니다. 동의하시죠?"

"그럼요! 저 한 수 두는 것만 봐도 답이 나오죠."

이 발언을 하던 해설자들의 표정은 누가 봐도 확신에 차 있던 모습이다. 그렇기에 변명조차 못하고 침묵하는 상황인 것이다. 평범한 인간 주제에 감히 천상계 천재의 바둑을 가늠하려다 그렇게 된 것이다.

이러니 '옛말 중 그릇된 말이 없다'는 말도 사실인 듯하다.

아무튼 대국은 계속 이어지고 있었다.

250수가 지나면서부터 탄식하는 사람들이 늘어나고 있다. 몇 수에 승부가 날까에 베팅했던 사람들이다.

반면 해설자들은 바싹 당겨 앉은 채 많은 말을 쏟아낸다.

"아! 이번 대국은 아주 팽팽한 호선이네요."

"네! 근데 미묘하게 알파고가 우세한 느낌이 들어요."

"저도 동의합니다. 그래서 어쩌면 하인스 킴이 1패를 기록할지도 모르겠습니다."

만일을 생각해서 확언은 못하고 있다. 선배들의 전철을 밟고 싶지 않은 것이다.

아마 아무리 봐도 현수가 이길 것 같지 않다는 느낌이 든 때문일 것이다. 그에 따라 승리에 베팅했던 이들은 손톱을 물어뜯기 시작한다. 거금을 걸었던 모양이다.

한편 해설자들의 이야기는 계속되고 있다.

"그거야 모르는 일이죠. 이러다가 이긴 적이 한두 번이 아니잖아요."

"아! 그걸 깜박했네요. 아마 매번 이러다 이기곤 했죠?"

*　　　　*　　　　*

"네, 그래서 여러 해설자들이 쭈그렁 방퉁이처럼 지낸다고 들었습니다."

"네! 안타까운 이야기입니다."

1차와 2차 대국 모두 상당히 많은 해설자들이 있었고, 절반 정도는 얼굴보기 힘들다. 알아서 자숙하고 있는 때문이다.

나머지 절반은 신중한 발언을 하였기에 살아남은 것이다.

"제가 지난 사흘간 곰곰이 생각해보았는데 어쩌면 하인스 킴이 알파고를 가지고 노는 것이 아닌가 싶습니다."

"하긴 거의 매번 역전승을 거둔 거나 다름없으니 그런 생각을 할 만하죠. 사실 저도 그런 생각 했었습니다."

"만일 말이에요. 하인스 킴의 실력이 알파고보다 훨씬 월등하다면 말이죠."

"무슨 말씀이신지요?"

"예를 들어 알파고는 허접한 아마 18급이고, 하인스 킴이 프로 9단이라면 얼마든지 가지고 놀 수 있지 않을까요?"

"아이고 그럼요! 당연하신 말씀이십니다."

"실제로 그렇다면 얼마든지 가능할 거 같아서요."

"네! 아마 힘센 어른이 어린아이 손목 비트는 것보다 쉬울지도 모릅니다."

"근데 정말 그럴까요?"

"뭐! 오늘의 결과가 나오면 알겠죠."

"1차 대결 땐 아홉 번 모두 1집 승이었습니다."

"네! 그랬었죠. 참 치열한 대국이었습니다."

"그러다 알파고가 칼을 갈고 2차 대결을 신청했습니다."

"그랬는데 1국에서 반전이 일어났죠."

"네! 아무도 10집 승은 예상치 못했으니까요."

"그래서 업데이트 된 건 알파고인데 진화한 것은 하인스 킴의 뇌라는 말이 있습니다."

"그렇죠. 실로 엄청 충격적인 결과였습니다."

"아무튼 2차 대국의 전적을 보면 하인스 킴이 1국부터 5국까지 10집, 9집, 8집, 7집, 6집 승을 거뒀습니다."

"네! 그래서 하향 에스컬레이터 대국이라 하더군요."

"슬라이딩하듯이 한 집씩 줄었으니까요."

"그런데 6국부터 9국까지 전적은 하인스 킴이 6집, 7집, 8집, 9집 승이었어요."

"이건 상향 에스컬레이터 대국이라 합니다."

"사람들 참 말 지어내기 좋아하나 봅니다."

"그렇습니다. 하지만 적절한 비유라 생각합니다."

"동의해요."

"그런데 이쯤 되면 10국 결과가 짐작가지 않습니까?"

"그렇죠. 10, 9, 8, 7, 6으로 1집씩 줄었다가 6, 7, 8, 9로 다시 1집씩 늘어났으니 오늘 대국은 아마 10집 승이 아닐까 하는 예측이 많더군요."

"네! 맞습니다. 그런데 만일 그런 결과가 나온다면 확실히 가지고 놀았던 것이라고 생각해도 될 것 같죠?"

"네! 그렇죠. 그렇긴 한데…. 그런데 말입니다. 알파고는 나날이 발전하는 인공지능이잖습니까?"

"그렇죠!"

"근데 그런 알파고를 상대로 그게 가능할까요?"

전원만 공급되면 24시간 내내 쉬지 않고 데이터를 수집하고, 그걸 학습하도록 만들어진 것이 인공지능이다.

그리고 알파고는 현존 세계 최고 레벨에 도달해있다.

그런 인공지능을 상대로 매번 본인이 원하는 결과를 도출해낸다는 것이 어찌 가능하겠느냐는 표정이다.

"그거는 저도 잘…"

말 한마디 잘못하면 완전히 찌그러져야 하기에 말꼬리를 슬쩍 흐린다.

"오늘 대국의 귀추(歸趨)가 자못 기대됩니다. 정말 10집 승일지 아닐지 말입니다. 참고로 10집 승에 걸린 돈이 꽤 많다고 하더라고요."

"네! 정해진 패턴 같은 결과가 이어졌으니까요."

"그래서 저도 10집 승에 베팅을 했습니다.

"아! 해설자가 그래도 되나요?"

"뭐 어떻습니까? 제가 승부조작을 할 수 있는 위치도, 상황도 아닌데 말입니다."

"그, 그건 그렇죠."

두 해설자가 대담을 이어가는 동안에도 바둑은 이어졌다. 그러다 300수가 넘어가자 화면을 보고 있는 광호는 기도하듯 손을 모아 비빈다.

"하인스 형님! 아니, 국왕 전하! 제발 328수에 끝내주세요. 비나이다, 비나이다. 천지신명과 옥황상제께 비나이다."

두 손을 비비며 연신 고개를 조아리는 모습을 본 곽인철은 피식 웃음 짓는다. 어느 사극에서 본 장면 같아서이다.

그러거나 말거나 이광호의 기도는 이어지고 있다.

"오늘 대국이 딱 328수에 끝나게 해주세요. 아멘! 나무아미타불 관세음보살! 무량수불!"

족보에도 없는 이상한 기도문이다. 천지신명에서 시작하여 기독교와 불교, 그리고 도교까지 나온 것이다.

여러 종교를 들먹인 것은 정말 간절했던 때문이다. 이번 학기에 등록하지 못하면 곧바로 군대를 가야한다.

그런데 북한이 있던 자리에 이실리프 왕국이 들어선다고 한다. 대치 상태가 끝날 것이라는 의견이 우세하지만 국제 정세가 어찌 예측대로 되는가!

어쩌면 전보다 더 으르렁거리는 사이가 될 수도 있다. 그럼 최전방 GOP에 배치되어 개고생을 할 수도 있다.

재수 없으면 군 생활 내내 춥고, 배고프고, 졸립고, 피곤한 생활로 점철될 수도 있는 것이다.

그러니 나름 간절한 것이다.

한편, 바하마 그랜드 하얏트 호텔 컨벤션 센터는 또 한번 만원으로 미어터지고 있다.

발 디딜 틈이 없을 정도로 수많은 사람들이 모여 있지만 소란스럽지는 않다. 다만 수많은 카메라 셔터 소리만 계속될 뿐이다.

세계 각국에서 모여든 취재진의 열기는 엄청 치열하다.

컨벤션 센터 중앙에 마련된 대국장, 특히 현수를 촬영하기 좋은 장소를 확보하기 위해 밀고 밀리는 소리 없는 몸싸움이 벌어질 정도이다.

서로 더 좋은 그림을 담기 위한 경쟁이다.

그나마 다행인 것은 주먹다짐을 하거나 고함을 지르는 이들은 없다는 것이다.

그랬다간 해당 언론사가 세계적인 망신을 당하게 되고, 당사자는 가드에 의해 센터 밖으로 쫓겨나기 때문이다.

아무튼 대국이 시작되기 전까지 현수는 고요히 눈을 감은 채 명상에 잠긴 모습을 보여주고 있었다.

그런데 지금은 완전 무표정이다. 알파고가 수를 놓으면 바로 한 수를 놓고는 다시 기다림의 연속이다.

가만히 있어야 하는데 무얼 하겠는가! 현수는 도로시와 대화를 나누고 있다.

'이거 왜 이렇게 점점 느려지지? 또 렉 걸린 거야?'

'네! 폐하의 수 때문이죠.'

'뭐 별 다른 수도 아닌데.'

'별 거 아니긴요. 딱 보니까 320수 넘어갈 때 써먹을 수잖아요. 결정적으로…'

'와! 그걸 눈치 챘어?'

'쳇! 제가 한두 번 당해봤어야죠. 숱하게 당해놓고도 모르면 그게 저겠어요?'

도로시의 말처럼 이런 수에 엄청 많이 당했다. 선택지가 많았던 경우에 특히 더했다.

당장은 별 거 아닌 평범한 수 같은데 몇십 수 정도가 지나고 나면 아주 요지에 콱 박혀 있는 수가 되곤 하였다.

거의 모든 축구나 농구감독들은 선수들에게 상대보다 먼저 유리한 자리를 선점하라고 한다. 그러면 골을 넣기 수월하다는 걸 알기 때문이다.

임진왜란 때 조선은 거의 모든 국토가 유린되었고, 수많은 목숨이 허무하게 세상을 떠났다.

만일 정예 궁병 수만 명을 왜놈들과의 첫 전투가 벌어진 부산진성 인근에 매복시켜 놓았다면 어쨌겠는가!

수만 개의 화살이 연거푸 쏘아져갔다면 돌격하려던 1만 8,700여 왜놈들은 모조리 죽었을 것이다.

이미 이 전투에서 패했다면 다대포성에서라도 준비를 했어야 한다.

그러나 당시 다대포성 성주였던 경상좌수사 박홍은 전투가 벌어지자 곧바로 도주했다.

참으로 비겁하고 무책임한 인사이다.

이런 걸 장군이라고 배치해놓은 선조는 바보다. 하긴 무능의 끝판왕인 원균도 장군이었으나 말 다했다.

유능한 인재를 가려서 볼 수 있는 안목이 없었다는 걸 증명하는 일이다.

정기룡이나 황진 같이 용감하고 유능한 장수가 성주였다면 다대포성을 허무하게 빼앗기지 않았을 것이다.

병법에 이르기를 '적을 알고 나를 알면 백번 싸워도 위태롭지 않다'고 한다.

지피지기 백전불태(知彼知己 百戰不殆)가 그것이다.

조선의 용맹한 장수로 이름났던 신립은 '지피'를 못해서 1만 6,000여 병사들과 함께 탄금대 전투에서 박살났다.

이 무모한 대응의 결과로 왜놈들이 한양까지 일사천리로 진군했다. 이러니 전투에서 장수의 역할이 얼마나 중요한지 확실히 알 수 있다.

한편, 충무공 이순신은 선승구전(先勝求戰)했다. 미리 이겨놓고 전투를 했다는 뜻이다.

실제로 먼저 이겼다는 것은 아니다. 전투를 하지도 않았는데 어찌 이길 수 있었겠는가!

이순신 장군은 늘 이길 가능성이 높은 전투만 했다. 그러기 위해선 적을 정확하게 파악하고 있어야 했다.

전투에 앞서 적이 어찌 움직일지 상세히 파악하였으며 그에 대응하는 작전으로 적들을 분쇄했던 것이다.

이순신은 확실하게 '지피지기(知彼知己)'했다. 하여 23전 23승이란 대기록을 거둘 수 있었던 것이다.

아무튼 박홍 같이 비겁한 자 대신 이순신처럼 유능한 장수를 배치했다면 임진왜란이 아니라 '임진년에 침입한 왜놈 박멸사건'이 역사책에 기록되어 있을 것이다.

그랬다면 왜놈들에게 나라를 빼앗기는 한일합방 같은 일이 빚어지지 않았을지도 모른다.

실로 통탄할 일이다.

선조는 임진왜란에 앞서 왜의 움직임을 확인하기 위해 통신사를 파견했다. 황윤길과 김성일이 갔다 왔는데 둘은 각기 다른 보고를 했다.

황윤길(서인)은 왜놈들의 기세가 자못 위협적이니 전쟁에 대응해야 한다고 했다.

반면, 김성일(동인)은 도요토미 히데요시는 그럴 만한 인물이 아니니 별일 없을 것이라 하였다.

동인과 서인의 당파 싸움 때문에 이런 상반된 보고를 했다는 의견이 있다. 참으로 지긋지긋한 일이다.

그런데 이런 당파 싸움은 얼마 전까지도 계속되었다.

에이프릴 증후군으로 인해 엄청나게 많이 뒈져버린 모 정당 소속 의원들이 특히 심했다.

정권을 잃게 되자 무조건 반대만 외쳤다. 새 정부가 하려던 일에 제동을 거는 것이 목적이다.

현수가 정리하지 않았다면 앞으로도 꽤 오랫동안 당파 싸움하느라 국가 발전의 발목을 잡았을 것이다.

아무튼 황윤길과 김성일이 다른 보고를 했고, 선조는 잘못된 선택을 했다. 당파 싸움으로 나라가 망할 뻔한 것이다.

내부분열은 적을 이롭게 하는 일이다. 하여 이번 국회부터 정당 설립을 하지 못하도록 한 것이다.

황윤길은 바른 보고를 했으니 빼고, 김성일 대신 다른 인물을 보냈다면 어땠을까?

같은 동인인 서애 유성룡도 같은 맥락의 보고를 했을까? 아니면 여해 이순신이 보고 왔다면 뭐라 했겠는가!

이러니 인사가 만사라는 말이 이해된다. 그런 점에서 선조의 인사는 빵점에 가깝다.

게다가 신하들을 얼마나 의심하고, 질투했는가!

속도 무지하게 좁아서 일국의 국왕이라 하기에 적절치 않은 인물이다.

전쟁 중에 이순신을 불러들여 삭탈관직한 후 목칼까지 채워 귀양살이 보낸 걸 보면 확실하다.

만일 이순신이 전사하지 않았다면 왜란이 끝난 후 속 좁고, 의심 많은 인조에게 평생토록 의심 받으며 살아야 했을 것이다.

그러다 언제 또 불려가서 고문을 당하고, 곤장을 맞으며, 옥에 갇혀야 할지 모른다.

그럴 바엔 차라리 전사하는 편이 낫다는 생각을 하였다는 의견이 있는데 충분히 이해된다.

아무튼 500년도 더 지난 현대에 와서 충무공 이순신은 성웅(聖雄)으로 받들어지지만 선조는 많은 욕을 먹고 있다.

이 역시 자업자득이다.

Chapter 10
—
나는 이제 부자다

'어휴! 지겨워. 기다리는 것도 일이네.'

'네! 저도 답답해요. 저런 후진 인공지능과 대국하고 계시는 폐하는 얼마나 지루하시겠어요.'

'어쩌겠어! 남의 돈 따먹기가 쉬운 일이 아니잖아.'

'푼돈인데요?'

'그건 니 기준이고. 110억 달러는 적은 돈이 아니야.'

'뭐 그렇긴 해요.'

워낙 큰돈을 다루고 있어서 그런지 도로시의 음성엔 시니컬(cynical)함이 담겨있다.

'그나저나 알파고는 점점 더 실력이 줄어드는 것 같아.'

'에? 그렇게 느껴지셔요?'

'그래, 너는 안 그래?'

'1차 대결은 18급에서 아마 5단 정도로 성장한 거구요. 2차 대결 1국은 프로 1단, 지금은 9단 수준이에요.'

'그래? 그럼 내 실력이 더 는 건가?'

'쳇! 결국 본인 얼굴에 금칠하신 거네요.'

'나야, 내 실력을 객관적으로 평가할 수 없으니까.'

'그건 그래요. 거울이 없으면 본인 얼굴을 볼 수 없죠.'

'그니까 알파고 실력이 확 늘었다는 거지?'

'네! 왕창요!'

'어느 정돈데?'

'사별삼일(士別三日) 괄목상대(刮目相對)예요.'

선비는 헤어지고 3일이 지나 다시 만나면 눈을 비비고 다시 봐야 할 정도로 학문의 성취가 눈부셔야 한다는 뜻이다.

'뭐어? 그 정도야? 내가 보기엔 별론데?'

'네! 그래서 앞으로는 폐하와 바둑 안 둘 거예요.'

'왜?'

'알파고를 완전히 농락할 수준이시잖아요.'

'내가…?'

'네, 그래서 다시 붙으면 제가 계속 질 거예요. 그러니 아무리 심심해도 바둑 두자는 말씀은 하지 마세요.'

'농담이지?'

'아뇨! 제 전적에 스크래치 내기 싫어요. 우린 지금 딱 동률인데 한 판이라도 지면 그거 가지고 한참 놀리실 거잖아요. 그니까 안 돼요.'

'에이, 설마 내가 그러겠어?'

'잊으셨어요? 우리가 마지막으로 두기 딱 한 판 전에 제가 지고 나니까 그걸로 사흘 놀리셨잖아요.'

'내가 그랬어?'

'칫! 그래놓고는 열흘이나 지나서 마지막 판 둬서 제가 이겼어요. 그때 딱 동률이 되었죠.'

이후로도 심심하면 '우리 바둑이나 한 판 둘까?' 라고 물었지만 도로시는 그때마다 '업데이트 중이다.' 또는 '자료 수집 중이다.' 등의 핑계를 대면서 거절했다.

또 두었다가 패하면 계속 놀린다는 걸 알기 때문이다.

사실 이때는 너무나 무료해서 시간이 진짜 느리게 흐른다고 느끼던 시절이었다. 이것저것 다 해봤고, 모든 분야에서 완성된 대가급 실력을 쌓은 뒤였다.

한마디로 더 이상 해 볼 것이 없던 시절이다.

하여 때때로 바둑을 두곤 했었는데 패할 때마다 도로시가 분해하는 뉘앙스를 풍기자 재미 삼아 놀렸던 것이다.

어쨌거나 현수는 대화를 하면서도 알파고가 돌을 놓으면 바로 다음 수를 놓고 있었다.

"자아! 이제 거의 다 끝나가는 것 같습니다. 알파고는 현재

제한시간 거의 전부를 다 썼습니다."

"네, 아주 팽팽한 호선이 이어지고 있습니다. 그런데 이 위원님은 몇 수에 끝날 거라 예상하십니까?"

"저요? 제 예상으론 알파고의 308수 혹은 310수가 아닐까 싶습니다. 더 둘만한 곳이 없으니까요."

"그런가요? 저는 312수나 314수로 예상됩니다."

"그럼 어떻게 끝날지 내기하실까요?"

"좋아요. 오늘 저녁 삼겹살 내기입니다."

"네, 그렇게 하죠. 아! 알파고가 다음 수를 놓습니다."

"예상했던 곳이죠? 그럼 하인스 킴의 다음 수는 어딜까요? 제 예상으론 여기와 여기, 그리고 여기에 두어야…"

해설자는 말을 잇지 못하였다. 본인 예상과 전혀 다른 곳에 착점했던 때문이다.

"어! 이게 뭡니까? 왜 저기에…? 계산을 잘못한 것 아닌가요? 저기가 아니라 여기에 두어야 패를 면할…"

"우와! 이건 뭐죠? 단숨에 전세가 역전되는 거 같습니다. 내내 열세였던 하인스 킴이었는데 이 한 점으로 바뀝니다."

"허어! 그렇네요. 정말 믿기 어렵습니다."

"막판 뒤집기! 알파고가 또 당하는 거 같습니다."

"네, 지금까지의 우세가 단숨에 사라졌어요."

"이건…! 아, 맨 처음에 두었던 수가 결정적입니다. 그렇다면 처음부터 이런 걸 예상하고…?"

"에이, 아니겠죠. 아무리 천재라곤 하지만 300수 넘게 계산했다는 건 조금 심했네요."

"끄응! 그거 말고는 설명이 안 되는데… 후와아! 아무튼 대단합니다."

"네! 하인스 킴은 정말 전무후무할 천재가 분명합니다."

"전적으로 동의합니다. 저 한 수로 승패가 바뀌었는데 시작하자마자 이런 결과를 만들어갔다고 단언할 수 있습니다."

"네! 진짜 천재 중의 천재입니다. 지구 역사상 최고죠."

"무협소설에선 이런 사람을 고금제일인이라 합니다."

"저는 영세제일인이고 할 겁니다. 정말 놀랍습니다."

영원히 세계 최고의 인물이라는 뜻이다.

"어떻게 이렇게 몰아갈 수 있는지 진짜 믿어지지…? 이쯤 되면 사람이 아닌 거 같습니다."

"네, 하인스 킴이 알파고를 가지고 놀았네요."

"이게 계획된 결과라면 당연히 그렇죠."

해설자의 말이 끝남과 동시에 세계 곳곳에서 환호성이 터져 나온다.

"와아아아아! 하인스 킴 만세! 만세! 만세!"

승에 베팅했던 사람들 모두 일제히 자리에서 일어났다. 반면 지금껏 기세등등하던 사람들의 고개가 툭 떨어진다.

"제엔장! 병신 같은 알파고!"

"헐! 이제 거의 다 끝났는데…"

"그러게! 정말 쓰벌이네. 어떻게 계속 이기다가 한순간에 역전이 되지?"

"쓰벌, 졸지에 150 날렸다. 술이나 마신다."

"난, 300! 오늘은 꼭 딸 줄 알았는데. 뭘로 메꾸지?"

"이건 뭐야? 난 플스 주문했는데…."

"반품하거나 주문 취소해서."

"난! 여친이랑 놀러가려고 항공권 예매했어."

"마누라한테 뭐라 말하지? 명품백 사준다 했었는데."

"와아! 정말 미치겠다. 알파고, 대체 뭐냐? 최첨단 인공지능 이라며? 근데 능지가 왜 이럼?"

"최첨단은 무슨? 진화하는 하인스 킴을 어떻게 이겨?"

"젠장! 월급날까지 뭐 먹고 살지?"

돈을 따게 된 사람들은 입은 다문 채 흐뭇한 미소만 짓고 있다. 그러면서 지금껏 여유만만하던 이들의 안색이 창백해지는 모습을 즐긴다.

다 된 밥에 누군가 재를 뿌린 것 같은 기분일 것이다.

이제 막 먹으려고 숟가락을 들었는데 갑자기 강력한 귀싸대기를 맞은 기분일지도 모른다.

하여 멍한 표정을 짓는 이들도 있다. 그렇기에 비릿한 조소를 머금은 채 바라만 본다.

약을 올리거나 신경 거스르는 소리를 하면 자칫 싸움으로 번질 수 있기 때문이다.

한편, 이광호과 곽인철의 입장도 뒤바뀌었다.

"와아! 만세, 만세, 만세!"

"칫! 좋겠다. 근데 내 원금 보존해주는 거 잊지 마라."

다소 짜증이 섞인 음성이지만 그렇다 하여 화를 내는 것은 아니다.

"걱정 마! 5만 원 채워줄게. 하하하! 하하하하!"

"웃지 마라, 정 떨어지려고 한다."

"너도 지금까지 계속 날 갈궜잖아. 안 그래?"

"돈 잃고 속 좋은 놈 없다는 거 잊지 마라."

"오냐! 그나저나 하인스 형님 328수에 끝내주시겠지?"

"끄응, 아직은 확률이 아주 없는 건 아니지."

"자아, 이제 숨도 쉬지 말면서 보자."

"오냐! 부디 돈을 따라. 그래야 내가 얻어먹지."

"그래! 하인스 킴 형님이 328수에 끝내주시면 돼지갈비 10인분 당첨이다."

"쐬주는 없고?"

"왜 없겠어. 맥주도 쏜다."

"소맥? 조오치!"

둘은 다시 TV에 시선을 둔다.

이번 대국은 세계인들의 시선이 집중되어 있다. 하여 거의 모든 국가가 생중계를 하고 있다. 광고도 엄청 붙어 있다.

슈퍼볼에 하는 광고는 세계에서 가장 비싸다. 30초에 약 60

억 원이니 초당 2억 원 꼴이다.

그런데 이 기록이 깨졌다.

대국이 시작되기 3시간 전에는 약 30분에 걸쳐 바둑에 대한 기본 소양을 가르쳐주는 프로그램이 방영된다.

그 다음 2시간 30분은 지난 1국부터 9국까지를 되짚어보는 시간이다. 복기하는 것은 아니고 핵심만 지적해준다.

그러니 총 10번의 브레이크 타임이 있다. 각각 3분씩 광고가 송출된다. 총 30분의 광고가 있는 것이다.

30분은 1,800초이고, 초당 광고 단가는 10억 원이다. 이를 계산해보면 1조 8,000억 원이다.

10국이 끝난 직후에도 광고가 붙는다. 광고 단가는 초당 30억 원이고, 3분간이다. 총 5,400억 원이나 된다.

이뿐만이 아니다. 대국장엔 36개의 광고판이 주위를 둘러싸고 있다. 이것 하나 당 100억 원씩 받았다.

하여 10국에만 거의 3조 원에 가까운 광고비가 붙어 있다. 1국부터 모두 합산하면 약 7조 원이다.

6승 이상이면 중계비와 광고 수익을 독식하고, 5 : 5로 끝났다면 마지막 10국 승자가 다 갖기로 했다.

그런데 이미 현수가 9승을 거둔 뒤이므로 알파고 측은 중계비와 광고비를 단 한 푼도 가져갈 수 없다. 게다가 이번 2차 대결에 들어간 개최비용도 몽땅 부담해야 한다.

현재 1국부터 9국까지 전부 패해서 60억 달러를 송금했다.

막심한 손해가 아닐 수 없다.

그래도 마지막 희망이 남았으니 그건 10국이었다. 이기면 50억 달러가 회수된다.

그럼 10억 달러와 개최비용만 손해이다.

그런데 또 패하게 되었으니 이젠 기존 손해에 110억 달러를 플러스해야 하고, 개최비용도 전액 손실이다.

결코 적은 액수가 아니다.

게다가 알파고의 위상이 크게 흔들렸다.

최첨단 인공지능이라는 걸 세계만방에 알리려는 목적이었는데 졸지에 국제적인 개망신을 당하게 되었다.

뭐 주고 뺨 맞았다는 소리를 들을 상황이다.

"쓰버릴! 또 져? 업데이트 확실히 했다며?"

"했지! 근데 또 지네."

"대체 저 인간은 뭐고, 알파고는 또 뭐가 부족한 거야? 오늘 아침에도 성능이 개선되었다고 하지 않았어?"

"저 인간은 인류 최고의 천재야. 이건 부인할 수 없어."

"그리고?"

"알파고는 분명히 업그레이드 및 업데이트가 되었어. 학습도 하였고."

"그런데? 왜 지게 되었을까?"

"그럼에도 패한다는 건 그냥 상대가 너무 센 거야. 아니면 같이 성장했던지."

"그게 말이 돼? 인간이 사흘 만에? 성장을 해?"

"불가능하진 않을 거야. 어린 아이들이 어느 날 갑자기 글을 읽기 시작하는 걸 생각해보라고."

문리(文理)가 트였을 때 일어나는 일이다.

"끄응! 손해가 너무 커."

"그렇긴 해."

"110억 달러에 개최비용을 더하면 얼마나 될까?"

"113억 7,500만 달러 정도야."

개최비용만 한화로 4,400억 원 정도라는 뜻이다. 여기에 내기 금액까지 합산하면 13조 3,740억 원 가량이다.

1차 대결 때 입은 손해는 푼돈이라 할 정도로 많은 금액이다. 이번엔 지난 패배를 되갚아주는 것은 물론이고 하인스 킴의 돈까지 따오겠다고 큰소리쳤다.

그런데 진짜 면목 없게 되었다.

기업을 이끄는 자가 주주들에게 막대한 손해를 입혔다. 어떻게 변명을 해야 할지 벌써부터 속이 답답하다.

"휴~우!"

"그럼, 판돈 올려서 3차 대국 하자고 해볼까?"

"3차 대국…! 오! 그거 좋은 생각이야."

"그치? 그럼 3차 대국도 10번 두는 거야?"

"아니. 3차 대국은 단판 승부 어때? 지금까지 나간 돈 전부 회수할 정도로 큰돈 걸어서."

                    *   *   *

"알파고 서버부터 왕창 늘리는 비용도 포함해야지."

"이실리프 왕국이 건국될 북한은 완전 가난한 나라잖아. 기틀을 다지려면 돈 많이 필요할 거 아냐."

"좋아! 단판 승부로 1,000억 달러 어때?"

"뭐? 처, 천억 달러나? 그, 그건 너무 많지 않을까?"

"많긴…? 그 정도가 아니면 안 한다고 할 걸. 명색이 국왕이잖아. 푼돈에 움직이겠어?"

"따면 좋은데 잃으면…? 그럼, 회사 휘청거려."

"그럼 하지 말던가."

"아냐! 하긴 해야지, 본전 챙겨야지. 근데 액수가 너무 크잖아. 1,000억 달러라니…. 그럼 남들이 욕해."

"좋아, 그럼 어느 정도를 생각해?"

"한 200억 달러? 그 정도면 우리가 잃은 돈 전부 복구하고도 조금 남잖아. 게다가 이기기만 하면 광고비랑 중계비까지 챙길 수 있으니 일석이조지."

"흐음! 괜찮긴 한데 하인스 킴이 한다고 할까?"

"혹시, 이사벨 화이트를 파견하면 되지 않을까?"

구글 및 계열사 전체에서 가장 아름다운 여직원 이름이 언급되었다. 예일대학교 심리학과를 졸업했는데 미모와 실력을 겸비한 재원으로 평가되고 있다.

한국으로 치면 그룹 본부 기획조정실에 근무 중이다.

"미인계를 쓰자고? 하인스 킴 주변에 미인들이 즐비한 거 알잖아?"

"우리의 미스 화이트도 만만치 않지."

"뭐, 그건 그렇네. 보고 있으면 괜스레 마음이 동해서 일부러 시선을 돌릴 정도는 되지."

"그러니까 미스 화이트를 보내자는 거야. 미인 싫어하는 사내 봤어?"

"그, 그럴까?"

"그러니 그녀를 건국을 축하하는 사절로 파견하자."

"그리곤?"

"슬쩍 3차 대결을 제의하는 거지. 하인스 킴은 부자니까 잃어도 큰 부담 없고, 따면 나라를 만드는 데 보탤 수 있으니 괜찮지 않을까?"

"그럼, 알파고 업그레이드와 업데이트 다 한 다음에 해."

"당연하지. 우선적으로 서버 증설부터 승인할게."

"6개월이면 되지? 지금이 1월 말이니까 한창 더울 때인 7월 말 어때?"

"뭐 그 정도면 시간은 충분하지."

둘의 대화는 이렇게 끝났다. 그러는 사이에 현수와 알파고와의 대국도 끝나버렸다.

"아! 이제 경기 끝났습니다."

"네, 알파고가 또 시간초과 되었지요?"

"그렇습니다. 이번 대국 규약에 따라 328수로 끝입니다."

"몇집 차이가 날까요?"

"계가를 해봐야 알겠지만 1~2집 승부인 거 같습니다. 물론 하인스 킴의 승리죠."

"10집 승이 우세했는데 말이죠."

"네! 10집에 베팅한 사람들 속이 쓰리겠습니다.

"아까 그 수만 아니었다면 그랬을 확률이 되게 높았죠?"

"그렇습니다. 그건 따로 확인해봐야 정확히 알 수 있죠."

"아무튼 328수로 끝났음과 연속 10승은 확정되었습니다. 몇 집 승부인지는 계가(計家)[15] 후에 알려드리겠습니다."

해설자의 말에 귀 기울이던 이광호가 포효를 터뜨린다.

"우와아아아아! 이겼다, 이겼어. 만세, 만세, 만세~!"

"……!"

광호는 자리에서 일어나 펄쩍펄쩍 뛰기까지 한다.

곽인철은 멍한 시선으로 바라보고 있다. 결코 높은 확률이 아니었는데 전 재산을 걸었고, 그게 딱 맞아떨어졌다.

광호가 받을 배당금은 7억 4,880만 원이다. 수수료를 뗀 실수령액은 7억 4,131만 2,000원이다.

<u>연봉 3,600만</u> 원인 사람이 21년 동안 벌 돈이고, 연봉

15) 계가(計家) : 바둑을 다 둔 뒤에 이기고 진 것을 가리기 위하여 집 수를 헤아림. 또는 그런 일

7,000이라면 10.5년치 수입이다.

한 푼도 안 썼을 때가 그러하다.

직장인 연봉 3,600만 원이면 월 수령액은 약 265만 원이다. 이중 165만 원을 생활비 등으로 지출하고, 매월 100만 원씩 적립할 경우 61년 하고도 9개월이나 걸린다.

서민인, 아니, 빈곤층에 속하던 광호에게 있어 7억 원이 넘는 돈은 그야말로 억만금이나 마찬가지이다.

어찌 좋지 않겠는가!

곽인철은 환히 웃으며 펄펄 뛰는 광호가 부러웠다. 하지만 시기나 질투는 하지 않는다.

광호는 지금껏 매우 어렵게 살았다. 그리고 한 번쯤은 행운을 거머쥐어도 괜찮을 만큼 착한 녀석이다.

이제 돈이 생겼으니 잘만 유지하면 '고생 끝, 행복 시작'이다. 하여 괜스레 흐뭇한 마음이 들 뿐이다.

친구가 굶을까 봐 주기적으로 라면을 사다주던 곽인철도 꽤 괜찮은 녀석인 것이 분명하다.

"와아! 축하한다. 땡 잡았네. 땡 잡았어!"

"히히! 그렇지?"

"그래, 돼지갈비 집에서 두 번 산다는 거 잊지 마라."

"야야! 그건 이십 번도 더 산다."

"아냐! 딱 두 번만 사. 그리고 어디 가서 절대로 돈 땄다고 이야기하지 말고."

"……?"

왜 그래야 하느냐는 표정이다.

"너, 돈 생긴 거 알면 거머리처럼 달라붙어서 쪽쪽 빨아먹으려는 사람들 꼭 생긴다."

"엥? 나는 그럴 사람이 없는데?"

친가 쪽과는 완전히 담을 쌓고 살고 있다.

작고하신 아버지는 5남 1녀 중 3남이었다.

큰 아버지 둘과 작은 아버지 둘, 그리고 고모가 있다는데 아예 기억에 없다. 여덟 살 이후 단 한 번도 보거나 연락한 적이 없는 때문이다.

어머니 쪽으로는 아무도 없다.

외조부모는 일찍 돌아가셨고, 이모가 하나 있었다고 하는데 오래 전에 이민을 가서서 연락이 끊긴 상태이다.

어머니는 아버지가 돌아가신 후 이사를 하면서 전화를 없앴다. 매달 기본요금 내는 것조차 부담이고, 이사 간 집 앞에 공중전화 부스가 있었던 때문이다.

주민등록 이전은 아예 하지 않았다. 혹시 있을지 모를 채권자가 쳐들어올지도 모른다는 불안함 때문이다.

도움 청할 곳 없던 엄마 입장이 충분히 이해된다.

게다가 이사하던 중 이모의 연락처를 잃어버렸다. 하여 연락이 딱 끊긴 것이다.

아무튼 친가 조부모님은 세상을 뜨신지 오래이다. 따라서 달라붙어 빨아먹으려는 일가친척이 없는 것이다.

"그럼 여자 조심해."

"여자…? 내가…?"

이광호에게 여자란 그냥 바라만 보는 존재이다.

차를 타고 가다 길가에 흐드러지게 핀 꽃들을 보았을 때 흐뭇한 표정으로 보는 정도이다.

학교에서도 그렇고, 편의점에서 알바를 하는 동안에도 예쁘고, 상냥한 아가씨들을 많이 보았다.

하지만 관심 가져본 적은 없다. 그냥 '우와, 예쁘다.', '저 아가씨는 착하네.' 정도가 끝이다.

어느 날 광호의 번호를 물어보는 아가씨가 있었다.

딱 한 번 경험했는데 끝내 주지 않았다. 여자를 사귈 형편이 아니라는 걸 누구보다 잘 알고 있었기 때문이다.

그래놓곤 괜스레 미안한 마음을 품었다. 누군가에게 거절당하는 느낌이 좋을 리 없기 때문이다.

그런데 나중에 알고 보니 아무에게나 '도를 아십니까?'와 '영혼이 맑아보이세요.'라며 말을 걸던 아가씨라 하였다.

그때 걸렸으면 매우 곤란했을 것이다.

아무튼 여자를 만나면 밥을 사든, 차라도 한 잔 사야 하는데 그러면 끼니를 건너뛰어야 하는 삶이었다.

하루 한 끼는 유통기한이 지난 삼각김밥으로 끼니를 때우고 있었던 것이다.

참고로, 요즘에도 하루에 한 끼 내지 두 끼만 먹는다. 세 끼를 다 챙겨먹는 것은 너무도 사치스런 일이기 때문이다.

　하여 고고하게 모태 솔로를 유지하는 중이다.

　"그래! 너 같은 모태 솔로들에게 돈이 있다는 거 알게 되면 꽃뱀 같은 것들이 달라붙을 수 있어."

　"꽃뱀? 에이, 그런 사람이 흔한가?"

　"살아보면 알게 돼. 나중에 후회하지 말고 돈 어따 꽉 박아 놔. 은행 정기예금 같은데. 금리 낮다고 주식 같은 건 아예 거들떠보지도 말고, 돈 생겼다고 펑펑 쓰지도 말고."

　"……!"

　"복권 당첨자 중 끝까지 그 돈을 지키는 사람은 별로 없다 더라. 멀쩡했었는데 당첨금 받아 흥청망청 살다가 노숙자가 된 사람들도 여럿 있어."

　"정말?"

　"인터넷 검색해 봐. 그런 사람 수두룩해."

　"……! 정말인가 보네."

　"속고만 살았냐? 하여간 복권이 인생을 망친 사람 엄청 많 아. 당첨 안 됐으면 그냥 평범하게 살면서 행복하게 저축도 하 고 그랬을 사람들이 쫄딱 망해서 길거리에 나앉거나 교도소 에 수감되었으니까."

　"에? 교도소엘 가?"

　"있던 돈 다 떨어지면 어쩌겠어. 흥청망청 쓰던 가락이 있는데…. 사기를 치거나 도둑질을 하다 잡혀서 쇠고랑 철컹철컹 하게 된 거지."

"알았어."

"돈 생겼다고 깝죽거리며 스포츠카 뽑고 그러지 마라."

"나, 면허도 없어."

"암튼 그렇다는 거야. 그나저나 통장 확인해 봐. 승패 결정 되면 바로 쏴준다잖아."

"어! 그래. 잠시만…."

광호는 서둘러 컴퓨터를 켰다. 근데 너무 오래 되어 그런지 부팅되는데 시간이 꽤 걸린다.

"참! 너, 이 컴퓨터 중고로 산 거지? 아니, 누가 쓰던 거 줬 다고 했나?"

"아니, 지나가다 누가 버린 거 주워온 거야. 가져와서 켜보 니까 다행히 부팅은 되더라고."

말을 하는 사이에 화면이 바뀐다.

"와아! 이거 윈도우 98이야? 헐…! 완전 골동품이네. 근데 이게 아직도 돌아가냐?"

"뭐, 검색하고 문서 작성 이런 건 되더라고."

"에구, 그러니 이렇게 후지지. PC방에서 쓰던 거 중고로 많 이 나와. 그거 성능이 이것 100배는 되겠다."

"어! 그래?"

"다른 건 몰라도 컴퓨터는 바꿔라. 이게 뭐냐? 완전 고물

중에서도 상 고물이다. 누가 버릴 만하네."

그러고 보니 CRT 14인치 모니터이다.

본래 흰색이었을 것으로 짐작되는 케이스의 색이 너무 오래 돼서 그런지 아이보리 색을 넘어 아예 노란 빛깔이다.

"와아! 모니터 이건 또 뭐냐? 완전 구시대의 유물이네. 이것도 바꿔라. 요즘 나오는 얇은 거로."

"알았어 바꿀게."

광호는 연신 고개를 끄덕인다.

누가 쓰다 버린 걸 주어와 지금껏 사용했지만 버벅거릴 때가 많고 안 되는 것도 많아 짜증이 났었다.

수강 신청을 하거나 인터넷 뱅킹 등을 할 때마다 상당히 불편하여 돈만 있었다면 벌써 바꿨을 것이다.

"난 화장실 갔다 올게."

화면이 바뀌자 인철은 밖으로 나간다. 광호가 은행계좌 확인을 할 때 보지 않기 위함이다.

광호는 은행 사이트에 들어가 로그인을 시도했다. 그런데 화면이 바뀌지 않았다.

"아, 진짜 바꿔야겠네. 너무 느려. 응? 문자?"

휴대폰으로 온 문자를 확인한 광호는 두 팔을 벌려 소리 없는 만세삼창을 했다.

10국 결과 328수 종료가 확인되어 귀하의 계좌로 배당금을 송금하였으니 확인해보라는 내용이었던 것이다.

또 다른 메시지는 하인스 킴이 승리하여 배당금을 보냈으니 확인해보라는 내용이었다.

"야! 확인…? 돈 들어왔어?"

이광호의 얼굴에 웃음꽃이 핀 걸 보고 말을 바꾼 것이다.

"어! 문자 왔는데 돈 보냈대. 근데 컴퓨터 화면이 안 바뀌어서 아직 제대로 확인은 못 했어."

"문자 왔으면 돈도 온 거겠지. 축하한다. 이광호!"

곽인철은 불쑥 손을 내민다. 엉겁결에 악수를 하게 된 광호는 계면쩍은 웃음을 짓는다.

"고맙다! 넌, 내 동창도 뭐도 아니지만 하나뿐인 친구다."

Chapter 11
—
돈 들어왔어?

"나도 널 친구로 생각해. 인생에 믿을만한 친구 하나만 있어도 성공한 인생이라고 하는데 나는 이미 성공했네."

"정말 그렇게 생각해?"

"그럼! 어디 가서 너만 한 친구 사귀겠냐?"

"그리 생각해주니 고맙네. 참, 나도 성공했어. 니가 내 유일한 친구니까."

"그래, 안다. 우리 이 대목에 악수나 한 번 더 하자."

"오냐! 친구야."

둘은 굳게 손을 잡고 흔들었다.

"그나저나 배 안 고프냐? 라면 먹자."

"그럴까? 김치는 있지?"

"응! 엄마가 전에 보내주신 거 조금 남았어."

"그게 언제냐? 벌써 다 시었겠다. 뭐, 그래도 이 새벽에 어딜 가서 뭘 먹겠냐? 물 올려라."

"오키!"

광호가 냄비에 물을 담는 동안 인철은 브루스타가 제대로 켜지는지 확인했다.

현수가 328수만에 승리를 거두는 순간 또 다른 소리 없는 환호성이 있었다.

얼마 전까지 승진을 꿈꾸던 직장인 최우현이다.

재직하던 회사는 원자력발전소에서 필요로 하는 밸브작동기를 납품하던 곳이다.

직급은 대리였고, 조립 및 검품 업무를 담당했다. 그러다 회사가 불의한 일을 저지르고 있음을 알게 되었다.

성능 미달인 부품으로 제조한 뒤 시험성적서를 조작하는 만행을 저지르고 있었던 것이다.

발전소에서 요구한 품질을 충족하지 못하자 다시 만드는 대신 성적서 조작 후 납품했던 것이다.

알다시피 방사능은 인체에 치명적인 피해를 주는 것이다. 따라서 전량 회수 후 다시 제작하여 납품해야 한다고 했다.

아울러 부품을 공급하는 회사와 거래를 끊고 다른 건실한 곳을 채택해야 한다고 했다. 같은 일이 일어나지 않도록 개선 방안을 강구해야 한다고 보고했던 것이다.

그래서 돌아온 결과는 권고사직이다.

말도 안 되는 처사라고 강력히 반발했지만 상사와 동료들의 시선은 싸늘하기만 했다.

졸지에 왕따가 된 것만으로도 억울한데 무업무 대기발령이 떨어졌다. 아무것도 하는 일 없이 하루 종일 복도 책상에 앉아 있으라는 것이다.

위치가 임직원들이 가장 많이 사용하는 복도인지라 자리를 비울 수가 없다. 용변 때문에 화장실을 가는 것은 오전과 오후에 딱 한 번씩 뿐이다.

아무튼 오전 9시부터 12시까지 아무것도 없는 책상 앞에 앉아 있어야 했다. 개인 노트북은 물론이고, 휴대폰 사용도 금지되었다. 기밀 유출 우려가 있어 불허한다는 것이다.

홀로 점심을 먹은 뒤 1시부터 6시까지 또 그래야 했다. 진짜 아무것도 하는 것 없이 숨만 쉬고 있어야 했다.

어쩌다 졸면 바로 욕설이 튀어나왔다.

"야! 근무시간에 졸아? 그러고도 월급 받아 가면 그건 도둑놈이야. 안 그래? 회사가 무슨 자선사업하는 덴 줄 알아? 한 번 더 졸면 파면이야. 파면!"

모두의 귀에 들릴 정도로 큰소리였기에 얼굴이 벌개지지 않을 수 없었다. 그렇게 2주일을 버텼다.

근데 그건 사람이 할 짓이 못 된다. 하여 사표를 쓰자 회사는 각서를 요구했다.

근무 중 알게 된 모든 것에 대해 함구하겠다는 내용이다.

대신 불명예 퇴직을 대외비 처리해준다고 했다. 다시 말해 이직(移職)의 길을 막지는 않겠다는 것이다.

그리고 이를 어길 경우 민·형사상의 불이익을 받음은 물론이고, 영구히 동종업계 근무가 불가능할 것이라는 협박을 받았다.

진짜 더럽고 치사했으며, 너무도 치졸했다.

한때라도 이런 회사를 위해 일하고, 뼈를 묻을 생각까지 했던 본인이 병신이라는 생각이 들 정도였다.

2016년 5월, 일본이 발칵 뒤집혔다.

미쓰비시 자동차가 경차 4종의 데이터를 조작했고, 25년간 도로운송차량법 규정과 다른 방법으로 연비를 계측했던 부정이 발각되었던 때문이다.

다시 말해 연비를 속였던 것이다.

당연히 보상하라는 목소리가 있었고, 노무라증권은 연료대금과 환경차 감세 보상비용이 425억 내지 1,040억 엔이 될 것이라고 추산했다.

한화로 4조 8,875억~11조 9,600억 원 정도이다. 사내에 쌓아놓은 유보금이 없다면 회사가 휘청거릴 거금이다.

그런데 이게 끝이 아니다.

닛산 자동차는 미쓰비시로부터 경차를 납품받고 있었다. 그로 인한 '기회손실'까지 발생하였다. 이 보상액까지 합산하면 더 많은 돈을 내놔야 한다는 보도가 있었다.

아무튼 미쓰비시는 신뢰를 잃어버렸고, 실적 회복을 기대하기 어렵게 되었다.

최우현은 퇴직금으로 2,350만 원가량을 받았다.

마지막 월급과 통장에 남아 있던 금액까지 합치니 약 3,000만 원이다.

말이 권고사직이지 사실상 해고를 당한 셈이다. 그럼에도 형식상 자발적 퇴사인지라 실업급여 대상이 되지 못한다.

그러고 보니 회사에서 골탕을 먹이려 이런 상황을 의도한 듯싶다. 속에서부터 분노가 끓어올랐다.

한참을 통장잔고를 노려보던 최우현은 250부터 330까지 숫자를 적힌 쪽지를 만들었다. 250 미만과 330 초과를 제외한 것은 확률이 너무 낮았던 때문이다.

접힌 쪽지들을 야구모자에 넣고는 눈을 감은 채 하나를 골랐다. 무엇이 뽑히든 3,000만 원을 베팅할 요량이었다.

부정이나 저지르는 회사에서 근무했다는 것이 너무나 후회스럽고, 거기서 받은 돈이 더럽다 느껴진 것이다.

쪽지의 숫자는 328이었다. 이를 보자마자 두 번 생각하지 않고 바로 베팅했다.

이렇게 해서 받게 된 돈은 3,000만 원의 374.4배인 112억 3,200만 원이다. 수수료 공제 후 111억 1,968만 원을 받게 되니 지독하게 운이 좋다.

"와아! 이, 이거 실화야? 진짜야?"

스스로도 믿어지지 않는 결과에 놀라고 있다.

버리는 셈치고 베팅한 결과이고, 확률은 1% 미만이었다.

그런데 로또복권에 10번쯤 당첨되어야 받을 수 있을 거금을 받게 되었다.

잠시 후 문자 메시지가 왔다.

배당금이 송금되어야 하는데 지정된 계좌가 없으니 6개월 내에 등록하라는 내용이다.

더러운 돈을 없애기 위한 베팅이었고, 딸 것이라고 전혀 상상치 못하였기에 기재하지 않았던 것이 다행이다.

"와아! 이러면…"

최우현은 궁리했다. 이 돈이면 이 세상 어디를 가든 남부럽지 않게 살 수 있다.

그런데 혼자만 잘 먹고 잘 살면 뭐하겠는가!

원전에서 방사능이 누출되면 대형사고가 벌어진다.

많은 사람들이 암에 걸리거나 천수를 누리지 못할 수도 있다. 이런 사실을 알면서도 어찌 모른 척 하겠는가!

하여 앉은 자리에서 공익제보서를 작성했다.

언제, 어디에서, 누가, 어떤 지시를 내려, 시험성적서를 어떻게 조작했는지에 대해 상세히 기술했다.

진짜와 조작된 시험성적서는 파일로 첨부했다. 그리곤 그로 인해 일어날 수 있는 모든 일을 자세히 썼다.

아울러 진실을 감추려던 모든 임직원의 성명을 기재했다.

추가 취재를 원하면 만나줄 수는 있지만, 제보자 신분은 최대한 감춰달라고 했다.

공익신고자보호법에 따른 보호를 요청한 것이다. 그러면서 사직할 때 작성했던 각서에 대한 내용도 썼다.

Your—Y와 Y—뉴스에 전송되었다. 내부고발을 결행한 것이다. 이들 두 매체는 지금껏 대한민국에는 존재하지 않던 참언론으로 평가받는 곳이다. 따라서 고발내용을 심층 취재하여 보도할 것으로 믿어 의심치 않았다.

검찰과 경찰 등에 직접 제보하지 않은 것은 아직은 신뢰할 수 없는 집단이기 때문이다.

이메일 전송 후 배당금을 어찌 받을지 고심했다.

세금 때문이 아니다. 이번 배당금은 적용 법률이 없어서 국세청에서 단 한 푼도 징수할 수 없음을 잘 알고 있다.

그럼에도 고심한 것은 회사로부터 민사 또는 형사고소를 당할 경우가 우려되기 때문이다.

회사는 물론이고 한때 상사나 동료라 여겼던 못된 놈들이 배부르는 꼴은 이젠 못 보겠는 것이다.

"바하마가 조세회피 지역이라고 했지?"

이번 대국으로 인해 바하마는 전 세계의 관심을 받았다. 어디에 있고, 어떤 특장점이 있는지 등이 보도되었다.

그 내용 중 하나가 세금이 없다는 것이고, 계좌개설이 어렵지 않다는 것이다.

본인이 직접 방문하면 되는 일이지만 현재는 출국이 어렵다. 하여 적당한 비용을 들여 대행케 할 생각이다.

많은 돈이 생겼으니 이제 재취업은 걱정하지 않아도 된다.

마음에 여유가 생기면 전에 보이지 않던 것들이 보이기 마련이다.

남자들은 명품시계와 멋진 스포츠카를 가지려는 경향이 있다. 실용성 때문이 아니라 남들에게 과시하려는 목적이다.

이밖에 주색잡기에 빠지는 경우도 있다.

그런데 최우현은 여태 서민으로 살아왔다.

하여 파텍 필립이나 바쉐론 콘스탄틴 같은 건 잡지에서나 보았으며 평생 가도 가질 확률이 없던 것이다.

사실 언제든 시각을 알 수 있는 휴대폰만 있으면 굳이 시계가 필요 없다.

그리고 반지도 거추장스럽게 여긴다. 이러니 부피가 더 크고 무거운 시계를 가질 생각은 추호에도 없다.

자동차는 전혀 필요성을 느끼지 못하고 살았다. 회사 정문까지 도보로 10분 거리에 살았기 때문이다.

출장 나갈 때 사용하던 업무용 국산 준중형 승용차와 1톤 화물트럭도 아주 훌륭하다고 생각하고 있다.

하여 차를 구입한다는 생각조차 못 하고 있다.

"집부터 사야겠지?"

나날이 상승하는 집값을 우려하는 보도가 많았다. 집값이 너무 올라서 결혼할 엄두를 못 낸다는 웃픈 이야기도 있다.

회사에서도 자고 일어나면 1억이 올랐네, 2억이 올랐네 하는 소리를 많이 들었다.

주거용이 아니라 투기용으로 부동산을 매입한 직원들은 장거리 출퇴근을 하느라 몹시 힘들어했다.

그런 모습을 볼 때마다 혀를 찼다.

돈이 중요하기는 하지만 굳이 저렇게까지 고생해하며 살아야 할까 하는 마음이었던 것이다.

사람 나고 돈 났지, 돈 나고 사람 난 게 아니다. 따라서 돈을 맹목적으로 쫓는 삶은 결코 권장할 만하지 않다.

하여 '나는 저러지 말아야지' 하는 마음을 먹었다.

그러다 라돈 사태가 빚어졌다. 덕분에 서초, 송파, 강남구와 분당의 집값이 동반 폭락했다.

얼마 지나지 않아 에이프릴 증후군이 폭발적으로 번져갔다. 그런데 건강보험에선 질병이 아니라고 발표했다.

사유는 원인 바이러스 또는 박테리아를 발견할 수 없고, 발병 기전을 전혀 규명할 수 없는 때문이다.

건강심사평가원의 간섭이 없어지자 병원들은 치료비를 대폭 인상했다.

그러자 부동산 매물이 쏟아져 나왔다.

대출받아 집 샀다고 좋아하던 이들의 얼굴엔 그늘이 졌다. 하루가 다르게 폭락하고 있었으니 어찌 안 그렇겠는가!

조만간 최초 분양가 혹은 그 아래까지 떨어질 것이라는 소문이 번질 지음 Y-Property에서 주거용 부동산을 사들이기 시작했다.

그리곤 아주 저렴한 가격에 임대를 놓는다.

서울의 경우 웬만한 32평 아파트는 보증금 320만 원에 월세 32만 원, 관리비 16만 원이다.

24평 빌라는 보증금 240만원에 월세 24만원, 관리비 12만 원이고, 10평짜리 원룸은 보증금 100만 원에 월세 10만 원, 관리비 5만 원이다.

거의 공짜에 가깝다는 느낌이 들 정도로 파격적이다.

이들의 공통점은 5년씩 계약 연장이 가능하며 최장 50년까지 임대해준다는 것이다.

*　　　　　*　　　　　*

기존의 집주인들은 계약이 연장될 때마다 보증금 또는 월세를 올렸고, 관리비도 자주 인상하였다.

그런데 Y—Property는 그런 게 없다. 원하기만 하면 50년 동안 최초 입주조건으로 거주할 수 있는 것이다.

다만 관리비는 임금 상승률과 연동(聯動)한다.

참고로, 향후 대한민국의 물가는 Y—그룹이 통제할 예정이다. 모든 상장사와 약 100만 개에 달하는 중소기업을 소유했으니 얼마든지 가능한 일이다.

아무튼 직장인 연봉은 현수의 의도에 따라 늘거나 줄어드는데 그 비율은 대략 ±2~3% 수준이 된다.

다시 말해 2017년 연봉이 5,000만 원이었고, 물가가 2% 상승하였다면 2018년 연봉은 5,100만 원이다.

이에 따라 5만 원이었던 원룸 관리비는 5만 1,000원으로 1,000원 상승한다.

연봉이 하락하여 4,900만 원이 되면 관리비가 4만 9,000원으로 낮아진다.

한꺼번에 1~2만 원씩 상승하는 일은 없다.

아무튼 이전에 비하면 헐값 또는 거의 공짜인 셈이다.

예를 들어, 서초구 방배동의 32평 아파트 매매가가 7억 원이면 월세는 보증금 3억 5,000만 원에 70만 원 정도를 받았다. 관리비는 당연히 별도이다.

이 보증금에서 320만 원을 빼면 3억 4,680만 원이다.

이걸 정기예금으로 예치하면 이자가 월 97만 8,000원이다. 이자소득세를 공제한 실수령액이 이러하다.

이 돈에서 월세 32만 원과 관리비 16만 원을 내면 49만 8,000원이 남는다. 참고로, 2017년 현재 시중은행 정기예금 금리는 연 4%이다.

살던 집을 팔고 Y−Property와 임대계약을 하면 거의 공짜가 아니라 매달 보너스를 받는 셈이다.

하여 부동산을 매각한 사람들 거의 전부, 살던 집에서 그대로 살고 있다.

다만 일부는 현재의 거주지에서 살 수 없게 되어 다른 곳으로 이사해야 한다. 이들의 공통점은 도로시가 작성한 블랙리스트와 관련되었다는 것이다.

친일파의 후손 등이 이에 해당된다.

이들은 Y−Property가 소유한 주거용 부동산에서 거주하지 못한다. 매번 임대 거절을 당할 것이기 때문이다.

아무튼 이전과 달리 주거용 부동산 매수세가 거의 없다. 하여 점점 더 가격이 낮아지고 있다.

최우현은 인터넷으로 아파트 매물을 검색해보았다.

"응? 뭐야? 내놓은 집이 하나도 없어?"

대한민국이 건국된 이래 현재에 이르기까지 부동산 거래가 끊긴 적은 단 한 번도 없었다.

그런데 매물로 등록된 것이 없다. 이전의 실거래액을 확인해보니 마치 소설 속 내용 같다.

지난달에 거래된 것을 보니 원래 10억이 넘던 아파트였는데 불과 1억 2,000만 원에 거래되었다.

최고점에서 90%쯤 폭락했다는 뜻이다.

혹시 몰라 토지 매물도 확인해보았는데 그것 역시 씨가 말라 있었다. 그런데 아주 없는 것은 아니었다.

매물 중 대지(垈地)와 전답(田畓)은 거의 없지만 임야는 상당히 많다. 매물 주소를 검색한 뒤 위성지도로 확인해보면 어김없이 볼록한 봉분이 보인다.

이런 땅을 사들여 개발하려고 하면 거의 100% 분묘기지권 (墳墓基地權)[16) 때문에 문제가 된다.

어렵게 연고자를 찾아 이장(移葬)을 요구하면 대부분 큰돈을 요구하거나, 완강히 거절한다.

그렇기에 모든 부동산을 싹쓸이 하고 있는 Y—Property에서도 외면하는 것이다. 하긴 남의 묘가 있는데 누가 집 짓고 들어가서 살고 싶겠는가!

참고로, 현재 Y—Property에서 소유하게 된 부동산에는 단 하나의 분묘도 없다.

언제든 개발할 수 있는 여건을 갖추기 위해 계약 이전에 이장 또는 화장하게 했기 때문이다.

공동묘지로 이장하거나, 화장하여 납골당에 모시기를 거절하면 아무리 좋은 조건이라도 매입을 거절했다.

---

16) 분묘기지권 : 남의 토지 위에 묘를 쓴 사람에게 관습법상 인정되는 지상권과 비슷한 물권(物權)

그것들이 인터넷에 매물로 등재되어 있는 것이다. 그런데 아무도 거들떠보지 않는다.

대세폭락이 추세이기 때문이다.

놔두면 훨씬 더 떨어질 것이 뻔하다. 전보다 조금 싸졌다고 매입하면 바보 소리 들을 세상이 된 것이다.

게다가 대부분의 임야는 도시에서 멀리 떨어졌거나 교통 불편한 곳에 위치해 있다. 이러니 관심이 없는 것이다.

더 떨어지기 전에 몇 푼이라도 받고 팔려면 봉분부터 없애 야 한다. 그렇지 않으면 재산세만 내는 짐 덩어리이다.

Y—Property가 언제 매입을 멈출지 모르기 때문이다.

사실 죽은 자들이 오랫동안 땅을 차지하고 누워 있는 것은 순리가 아니다. 후손들을 위한 배려 차원에서라도 스스로 납 골당 등을 선택함이 옳을 것이다.

그래서 이실리프 왕국엔 무덤 및 납골당 조성이 금지된다.

화장한 유골을 초고압으로 압축하면 지름 1~1.5㎝ 정도인 작은 구슬이 된다. 마치 보석처럼 보이는데 매우 단단하며, 결 코 변질되거나, 악취를 풍기지 않는다.

왕국에선 이를 혼옥(魂玉)이라고 칭한다. '영혼이 깃든 구 슬'이라는 뜻이다.

혼주(魂珠)라 쓰지 않는 이유는 '자식을 결혼시키는 부모' 를 가리키는 혼주(婚主)와 음이 같아서이다.

영옥(靈玉) 또는 영주(靈珠)라 쓰지 않는 이유는 한자는 다르지만 사람 이름으로 많이 쓰이기 때문이다.

아무튼 혼옥을 한 변 길이가 각각 5㎝ 정도인 작은 함(函)에 넣어 집 안에 보관하면 묘를 조성하지 않아도 된다.

당연히 납골당이 필요 없게 되며, 때마다 성묘하러 먼 길 다녀오지 않아도 된다. 무덤이 없으니 비석, 향로석, 상석, 받침석 등 석물 소비도 없다.

아울러 무덤을 조성하느라 멀쩡한 나무를 벌목하고, 떼[17]를 입히는 일 따위도 없다.

이 정도면 일석삼조를 넘어 일석오조 이상이다.

기왕에 조성되어 있는 무덤은 문화재로 지정된 몇몇 왕릉 등을 뺀 나머지 모두 파묘 후 혼옥으로 만들어 연고자에게 돌려주거나, 봉안시설에 모시도록 할 예정이다.

다행한 것은 휴전선 이북엔 왕릉이 많지 않다는 것이다.

고구려의 시조인 주몽의 동명왕릉과 고려의 시조 왕건 및 공민왕의 릉 등이 있고, 조선은 2대 임금인 정종과 정안왕후의 후릉(厚陵)만이 있을 뿐이다.

참고로, 재릉(齊陵)은 태조 이성계의 첫째 왕비가 봉안되어 있지만 왕의 무덤이 아니다

아무튼 바닥 면적 500평 규모인 대지만 있으면 1억 개의 혼옥을 봉안할 수 있다.

이때 사용될 함은 한 변 길이가 3㎝이다.

---

17) 흙이 붙어 있는 상태로 뿌리째 떠낸 잔디

1개의 부피가 27㎤이니 1억 개의 체적은 27억㎤이다. 이를 환산하면 2,700㎥이다.

이것은 한 변 길이가 14m인 정육면체 부피와 비슷하다. 바닥면적 60평인 5층짜리 건물 규모인 것이다.

나머지 440평은 사무동과 부속시설로 사용될 부지이다.

한편, 2017년 현재 휴전선 이북에 거주하는 인구수는 약 2,543만 명이다.

휴전선 이북에 무덤이 아무리 많다 해도 1억 기는 넘지 않을 것이다. 따라서 무연고 묘를 위한 봉안시설은 1개만 있으면 된다.

북한에서 가장 경치 좋은 곳을 꼽아보라면 아마 금강산, 백두산, 묘향산을 떠올릴 것이다.

셋 중 하나에 봉안시설을 조성하면 배려 차원에서 경치 수려한 곳에 봉안하는 것이 된다.

이 밖에 바다가 보이는 무인도에 만들어놓아도 된다.

봉안시설로 접근하는 도로 및 선착장, 주차장 따위는 고려할 필요가 없다.

완전자율비행 전기자동차가 사용될 것이기 때문이다.

따라서 도로 개설하느라 애쓸 필요 없고, 선착장도 만들 필요가 없다. 주차는 허공에 하면 된다.

이렇게 되면 누군가의 무덤 때문에 개발하지 못할 지역이 없어진다. 여러모로 이득이다.

최우현은 어쩌다 부동산중개인 게시판에 접속했다. 매물 정보는 없고, 푸념 섞인 댓글만 잔뜩 있을 뿐이다.

"매물이 없어요. 매물이! 누가 좀 내놔 봐요."

"내놓기 전에 Y에서 알아서 다 가져갔어."

"그럼, 우린 이제 뭐 해먹고 살죠?"

"굶어야지. Y에서 이미 다 해먹었다니까."

"안 내놓을까요?"

"그 회사 홈피에 안 가봤나봐요. 앞으로 1,000년 동안은 매물로 내놓을 계획이 없대요."

"미쳤군, 미쳤어! 금방 오를 텐데 그럼 돈이 얼마야…"

"Y-그룹은 돈이 넘쳐나서 그런 거 신경 안 쓸 거예요."

"한국인의 고질병인 부동산 투기를 뿌리 뽑기 위해서래요."

"뭐라고요?"

"그거 완전히 고치기 위해서 사들이기만 하고 안 판대요. 다시는 부동산으로 돈 벌 생각하지 말라고요."

"엥? 그럼 우린 뭘로 먹고 살죠?"

"그건 본인이 알아서 해야지요."

"난 내일부터 공장으로 출근해요."

"나도 그래요. Y-그룹에서 만든 공장에 나가기로 했어요."

"부동산으로 돈을 벌 생각 하지 말라는 게 무슨 뜻이요?"

"양도차익뿐만 아니라 임대로도 돈을 못 벌게 한다네요."

"헐! 그럼 사무실과 상가들도 전부요?"

"네, 대한민국의 부동산이란 부동산은 몽땅 다 사들여서 자신들이 임대한대요. 아주 저렴하게."

"맞아요. 우리 사무실은 원래 임대보증금 2,000만 원에 월세 100만 원, 그리고 관리비가 10만 원이었어요."

"아! 우리랑 비슷했네요."

"네! 근데 지금은 보증금 60만 원에 월세 3만 원, 관리비 5,000원이에요."

"헐⋯! 거의 공짜네. 대단해요."

"그래서 우리 옆 건물은 거의 전부 공실(空室)이에요. 다 우리 쪽으로 옮겼거든요."

"옆에 건물주가 안 팔겠다고 했나보죠?"

"네! 한번 안 판다고 하면 한참 있다가 다시 물어보는데 그때는 먼저 불렀던 가격의 50%에 팔려면 팔고 말려면 말라고 한 대요."

"부동산이 거의 똥값인데 그걸 또 반으로 후려친다고요?"

"건물 전체가 텅텅 비든 말든 재산세는 아직 그대로고, 대출금은 갚아야 하니까요."

"처음에 팔라고 했을 때 찍소리 않고 팔았던 사람들은 조금 나은데 괜한 배짱부리면 완전 폭삭이네요."

"맞아요. 우리 동네에 한 50억 하던 상가건물이 있었는데 며칠 전에 2억 원에 경매로 나갔어요."

"와아! 건물주 속이 쓰리겠네요."

"그동안 벌어먹은 게 얼만데요? 세입자들 사정 안 봐주고 지독하게 굴더니 대출금 못 갚아서 완전 폭삭한 거죠."

"쌤통이네요."

"맞아요! 맨날 외제차 끌고 다니면서 엄청 거들먹거렸는데 지금은 완전히 찌그러져서 얼굴도 못 봐요."

"근데 그러면 나중에 Y─그룹에서 양도소득세 왕창 내게 되겠군요."

"별 걱정을 다하십니다. 앞으로 1,000년 동안은 안 판다잖아요. 그보다 먼저 대한민국이 없어집니다."

"맞아요! 왕조 존속기간을 보면 고구려 708년, 백제 679년, 신라 993년, 고려 475년, 조선 519년이에요."

"앞으로 1,000년이면… 진짜 대한민국이 없어진 후일 수도 있겠네요."

"당연하죠. 그러니 양도세 따윈 걱정 안 하겠죠."

"Y─그룹, 참으로 대단하네요."

"아무튼 이제 부동산은 이제 끝이네요."

"네! 문 닫고 집에 가서 손주 재롱이나 봐야겠습니다."

"저는 벌써 폐업했습니다."

"다 같이 모여서 데모라도 한번 해야 하지 않겠어요?"

"맞아요! 협회차원에서 강력하게 항의해야 합니다. 이러다 굶어 죽겠어요."

　"근데 뭘로 항의합니까? Y—그룹에서 먼저 사갔다고요? 아
님, 매입한 부동산을 안 판다고 뭐라 할 수 있을까요?"

　"끄응, 너무 합법적이라 뭐라 할 수도 없네요."

Chapter 12

—

완전히 노 났어요

"Y−그룹에서 중개인 모집한다고 할 때 갈 걸 그랬어요."

"그러게요. 그 사람들 완전 노났다고 하더라구요."

"제 친구가 거기서 근무하는데 부러워 죽겠어요."

"연봉도 연봉이지만 상여금이 정말⋯!"

"나도 들었어요. 마포구에서 전국 1등이 나왔다고요."

"근데 뭐가 1등이라는 겁니까?"

"보너스요! 지난 연말에 계약실적 보너스와 연말 상여금이 나왔는데 160억 원을 받은 사람이 있다고 하더라고요."

"뭐, 뭐라고요? 어, 얼마⋯? 배, 백육십 억 원이요?"

"그게 딱 160억 원은 아니고 뒤에 우수리가 조금 더 붙어 있다고 들었습니다. 167억 8,000만 원인가 그래요."

"헐! 우수리가 7억 8천? 진짜…? 깜놀이네."

"끄응, 나는 부러워서 이미 죽었음."

"나도…! 여기 저승임."

"아! 돈 못 벌어서 죽겠는데…. 나도 저승에나 갈까?"

"아서라 아서! 염라대왕이 저승에서 부동산 투기 연루자들 몽땅 지옥으로 보낸단다. 그러니 가도 나중에 가라."

"쓰벌, 죽는 것도 맘대로 안 되네."

"이봐, 친구! Y—그룹 홈피 가봐. 거기 직원 상시모집이야."

"아! 진짜? 당장 가본다."

"나도, 나도…!"

중개인들의 푸념을 본 최우현은 주택 매입을 포기했다.

아주 저렴하게 빌려준다는데 군이 돈 박아놓으면 바보 소리 듣는다. 그럴 돈을 은행에 예치하면 그 이자가 월세 및 관리비를 내고도 남기 때문이다.

게다가 특별한 하자가 없으면 50년간 같은 조건으로 계약 연장할 수 있다. 군이 부동산을 매입하려 애쓸 필요가 없다.

"아! 그럼 돈을 어떻게 하지?"

돈이 왕창 생겼는데 쓸 곳이 없다. 지금껏 사치와 향락을 모르던 삶이고, 주거 분위기가 안정되었기 때문이다.

없던 돈이 생겼다고 갑자기 각종 명품을 사들이고, 외제 스포츠카를 사는 놈들은 뇌가 빈 것들이다.

그렇게 살면 얼마 지나지 않아 빈털터리가 되어 폐지 주우러 다니게 되기 때문이다.

최우현은 당연히 골빈 종자가 아니다.

"흐음! 요즘은 해외여행도 못 하니 이번 기회에 국내 여행이나 실컷 다녀볼까?"

사람들이 잘 몰라서 그렇지 국내엔 여행할 만한 곳이 정말 널리고 널려있다. 여권 필요 없고, 불과 몇 시간이면 도달할 수 있으며, 맛있는 음식이 넘쳐나는 곳이다.

언어소통이 자유롭고, 치안은 안정되어 있다.

아울러 어느 곳을 가든 숙박할 곳이 널려 있고, 웬만해선 바가지 쓸 일 없다. 교통편이 발달되어 있어 유사시 되돌아오는 것도 어렵지 않다.

그럼에도 비싼 돈 들여 말도 안 통하는 멀고 먼 외국으로 나가면 지출이 크고, 몸 피곤하다.

만일 뭔 일이라도 생기면 즉시 하던 것 다 팽개치고 돌아와야 하는데 곤란할 수 있다.

언제든 출발하는 비행편이 있는 게 아니기 때문이다.

아울러 소매치기나 바가지 상혼을 경험할 확률이 높고, 언어 소통에 문제가 발생되면 도움 받을 곳이 마땅치 않다.

치안이 좋지 못한 국가라면 저녁 식사 후 무심코 나간 산책이 자칫 큰 부상, 또는 목숨을 잃는 일이 될 수도 있다.

그리고 외국이라 하여 모든 곳이 경치가 매우 빼어나 넋이

나갈 정도인 것은 아니다.

그 어떤 나라를 가도 제주도, 설악산, 한려수도 등에 비견될 만한 경치를 만나는 것은 지난(至難)한 일이다.

외국의 문화라 하여 각별할 것도 없고, 그 나라의 좋은 상품은 웬만하면 한국에 다 있거나 오히려 더 뛰어나다.

노니(Noni)를 예로 들 수 있다.

이 식물의 열매가 여타 건강식품처럼 혈압관리, 당뇨, 항산화, 면역증진, 암 등에 효과가 있다고 홍보되어 있는데 이는 사실이 아니다.

오히려 칼륨이 많이 들어있어 신장질환이나 저혈압에 좋지 않다. 미국 식품의약국에서는 구토, 복통, 설사 등 소화기 부작용을 경고하고 있다.

그럼에도 이 식물의 열매는 건강식품으로 알려져 주스, 녹즙, 환, 분말 등으로 가공되어 소비되어 왔다.

특히 한국인 관광객들이 많이 사는 관광 상품이다. 사람들이 몰라서 그렇지 이것 역시 국내에서 쉽게 구할 수 있다.

그런데 베트남에선 이를 20배 넘는 가격에 사오곤 한다. 바가지 상술에 강매 당하는 것이다. 한심한 노릇이다.

대한민국은 먹고 살기 힘들었던 1960~1970년대에 머물러 있지 않다.

다시 말해 후진국이나 개발도상국이 아니다.

오히려 여러 선진국들과 어깨를 나란히 하거나 한걸음 더 앞선 분야가 상당한 나라가 되어 있다.

100년이 넘었다는 런던이나 뉴욕 지하철에도 없는 스크린 도어가 모든 역사(驛舍)에 설치되어 있다.

기다리는 버스가 몇 분 후에 당도하는지, 내가 타고자 하는 지하철이 어디쯤 와 있는지 알 수 있는 유일한 국가이다.

반도체, 가전제품, 디스플레이, 그리고 조선과 e—스포츠는 이미 세계 1위에 올라있다.

이 밖에 관공서 업무처리 속도, 건강보험, 지하철 환승시스템, 공중화장실, 인터넷 속도, 휴대폰 보급률, 쓰레기 종량제 활용도 등도 같은 위치에 랭크되어 있다.

자동차와 화장품 등 여러 공산품들도 곧 그렇게 될 확률이 매우 높다.

이러니 군이 외국으로 나가 기업들이 애써 벌어온 외화를 펑펑 쓰고 돌아다니는 것은 결코 권장하지 못할 일이다.

"흐음! 지도가 필요해."

최우현은 전국관광지도를 띄워놓고 메모장을 열었다. 그리곤 도별 관광지 목록을 살폈다.

동해바다, 설악산, 지리산, 남해 한려수도, 서해안 갯벌 등이 바로 눈에 뜨인다.

지금은 옮겨갈 직장을 구하지 못한 백수이다. 그리고 돈을 벌기 위한 취직이 필요 없게 되었다.

곧 배당금 111억 1,968만 원을 받게 된다.

이 돈을 은행 정기예금으로 예치하면 매년 4억 4,478만 원의 이자를 받게 된다. 월평균 3,706만 원이다.

사람들이 취직하려는 이유는 결코 성취감 때문만이 아니다. 가장 큰 이유는 월급이다.

그래서 더 많은 돈을 벌 수 있는 의사나 변호사 등이 선망하는 직업이 된 것이다.

같은 의사라도 '피안성 정재영'을 선호한다.

피부과, 안과, 성형외과, 정신건강의학과, 재활의학과, 영상의학과가 상대적으로 몸 편하고, 더 많은 돈을 벌 수 있다.

판사, 검사를 하다가 변호사 사무실을 개업하는 이유도 더 많은 돈을 벌기 때문이다.

아무튼 최우현은 웬만한 직장인은 꿈도 꿀 수 없는 수입이 생긴다. 따라서 취직할 하등의 이유가 없다.

그러므로 요일에 상관없이 어디든 돌아다닐 수 있는 완전한 자유인이 되었다.

사람 많이 몰리는 주말보다 주중이 여행에 더 유리하다.

숙박할 곳이 널널하고, 숙박비가 상대적으로 저렴하며, 음식점이나 카페 등은 손님이 적어 한적하다.

놀이동산에 가면 가장 인기 있는 놀이기구라 할지라도 줄서서 기다릴 필요가 없다.

살면서 언제 모든 것을 훌훌 떨치고 마음 편히 전국일주 여행을 떠날 수 있겠는가!

취직하거나 결혼하면 마음대로 여행 다닐 수 없다. 돈도 돈이지만 한가해질 틈이 없기 때문이다.

업무와 육아, 그리고 결혼생활은 결코 만만치 않다. 그러니 이번 기회에 전국일주 여행을 떠날 생각을 품은 것이다.

행선지 동선을 꼼꼼하게 살피던 최우현은 문득 부모님 생각을 했다.

어제가 설날이었다. 그런데 본가에 가지 않았다.

직장 때문에 안 간 게 아니다.

퇴직 당한 건 아직 모르시고, 두 분이 여행을 떠나셨기 때문이다. 설날 아침 일찍 성당에서 연미사(煉missa)[18]를 올리고 온천을 찾아가신 것이다.

다행히 경제적으로 여유가 있어 부양하려 애쓰지 않아도 되는 분들이다.

"나도 여행이나 다니면서 가끔 연락드려야겠네."

상념을 떨친 최우현은 서핑을 하다가 멈췄다. 눈에 뜨이는 구절이 있었던 때문이다.

"응? 제주도 한 달 살기? 뭐지?"

한 번도 못 가봤기에 눈에 뜨인 것이다.

전원주택, 아파트, 빌라, 펜션, 게스트하우스 등에서 장기 숙박하면서 제주도 곳곳을 체험하는 여행이다.

"흐음, 그래! 이 정도는 머물러야 볼 곳 다 둘러보고 먹을

---

18) 연미사 : 가톨릭 '위령 미사' 의 전 용어

것 다 먹어보지. 괜찮은데?"

흡족한 미소를 지으며 고개를 끄덕인다.

"그나저나 이런 식으로 여행하려면 시간이 꽤 걸리겠네."

정처 없는 방랑자처럼 방방곡곡을 둘러보려면 1년으로도 부족할 듯싶다.

"아예 집 주소 옮기고 떠나봐?"

최우현은 신나서 이것저것을 알아보았다. 그러다 문득 한 여인을 떠올렸다.

같은 회사에 근무하던 신혜연이다.

예쁘고, 늘씬한 몸매의 소유자이고, 서글서글한 성격이라 사내 모든 총각들이 선망하던 여인이다.

여럿이 대시를 해봤지만 모조리 퇴짜를 맞았다.

어떤 사람은 비싼 스포츠카를 끌고 와서 드라이브 가자면서 꼬셨다. 그러자 '난 국산 차만 타요.' 라며 거절했다.

일주일에 한 번씩 장미 100송이를 보냈던 사람도 있다. 신혜연은 이를 인근 유치원으로 배달되게 하였다.

우현은 대놓고 대시하지 않고 넌지시 의향을 물었다.

지인이 소개해달라고 했다면서 은근히 본인의 조건을 들이밀었던 것이다. 대답은 '전혀 관심 없다' 였다.

그래서 '그럼 어떤 사람이 괜찮냐'고 물었다. 그러자 '신의성실' 네 글자로 대답했다.

사회 공동생활의 일원으로서, 서로 상대방의 신뢰를 헛되이

하지 않도록 성의 있게 행동하여야 한다는 것인데 대답치고는 조금 모호했다.

하여 '그냥 착하고 성실하면 되느냐' 고 다시 물었다.

그러자 거기에 '적당한 능력만 있으면 돼요.' 라고 하였다. 그러면서 덧붙이길 '돈이 너무 없으면 사는 게 힘들잖아요. 그러니 가난을 면할 정도면 충분해요.' 라고 하였다.

주변 모두가 그 정도는 되는데 왜 다 거절했느냐고 묻지 않을 수 없었다. 이에 대한 대답은 다음과 같았다.

"불의와 타협하는 사람을 어찌 믿고 살겠어요."

우현은 이 대답이 참 인상적이었다. 이번 공익제보도 이것의 영향으로부터 벗어나지 못한다. 신혜연과 좋은 인연을 맺고 싶다는 무의식이 일부 작용한 것이다.

"전화 한 번 해볼까?"

복도 근무로 내밀려 있던 동안 여러 번 마주쳤다. 처음엔 매우 놀란 표정이었다. 왜 그런가 싶었던 것이다.

그러다 어떤 이유로 대기발령 상태인지 알게 되자 오가며 살짝살짝 고개 숙여 인사를 했다.

우현이 회사를 그만두고 나오던 날 창가에서 물끄러미 바라보고 있던 여인이 있었다. 신혜연이다.

마지막으로 뒤돌아보았을 때 딱 시선이 마주쳤다. 하지만 손을 흔들거나 고개를 숙이진 않았다.

그 위층에 있던 중역도 내려다보고 있었던 때문이다. 재수 없는 놈들이 혹시라도 오해할까 싶어 그냥 돌아섰다.

"문자라도 보내봐? 아냐! 괜히 흔들지 말자."

우현은 고개를 흔들어 상념을 떨궈냈다.

＊　　　　＊　　　　＊

세계 최고의 인공지능이라던 알파고와의 최종 전적은 19전 전승으로 대단원의 막을 내렸다.

세계인들의 이목이 쏠렸던 대국인만큼 언론과의 인터뷰를 피할 수는 없었다. 하여 마이크 앞에 섰다.

"전하! 전승하신 소감 한 말씀 부탁드립니다."

"전하! 이번 대국에 어떻게 평가하시는지요?"

"값진 승리를 감축드리면서 여쭙겠습니다. 이번…"

기자들의 질문은 아주 정중했다.

＊　　　　＊　　　　＊

현수에겐 세계 최고의 부자, 초고수익 투자자, 기업인, 천재 수학자, 천재 작곡가 겸 작사가, 대가급 연주가 등 온갖 수식어가 붙어 있기 때문이다.

이중 하나만으로도 기자들은 함부로 대하지 못한다.

한국에선 기레기들이라 하더라도 재벌가 사람들에겐 적당

한 예의를 갖춘다. 그들의 눈 밖에 나면 어디서, 어떤 꼴을 당하게 될지 알 수 없기 때문일 것이다.

Y—그룹이 등장하기 전의 한국은 ㅇ◇공화국이라 불리던 곳이다. 소위 ㅇ◇장학생이라는 사람들이 정계, 법조계 등에 두루 포진해 있어서 웬만하면 못 건드린다는 소문이 있었다.

당시 회장의 지분율은 불과 4.18%였다. 그럼에도 회사의 주인인 양 떵떵거렸다.

한편, Y—그룹은 ㅇ◇뿐만 아니라 대한민국의 거의 모든 상장사 지분을 95% 이상 소유하고 있다.

만일 정치권이나 정부에서 '상장사 여성임원 할당제'를 강행하려고 하면 그 즉시 일제히 상장폐지를 할 완벽한 여건을 갖춘 상태인 것이다.

아울러 정당한 기업활동에 심한 태클을 걸면 곧바로 이실리프 왕국으로 이전을 결정할 수도 있다.

어쨌거나 현수는 공식적으로 세계 최고의 부자이다.

기레기들은 아마 설설 기거나 엎드려 숭배하기에 바쁠 것이다. 돈 몇 푼 떨어지기를 바라는 거지나 다름없기 때문이다. 이쯤 되면 인간의 범주에 끼워줄 수 없는 바퀴벌레나 마찬가지인 존재들이다.

워렌 버핏이 한국을 방문한다면 그때도 비슷하게 대할 것이다. 그러다 몇 마디 주워들으면 금과옥조를 얻은 것마냥 써갈길 것이다. 사대주의에 찌든 쓰레기들이기 때문이다.

천재 수학자는 또 어떨 것이며, 내놓는 곡마다 세계 1위에 랭크되는 작곡가 겸 작사가는 어떠하겠는가!

한국에 모차르트, 베토벤, 바하, 하이든 등이 온다면 기레기들이 어찌 대하겠는가!

라흐마니노프, 리스트, 파가니니 등을 만나도 예의를 갖추지 않곤 못 배길 것이다.

그런데 현수는 조만간 국왕위에 오른다.

영국의 엘리자베스 2세 여왕 면전에서 개소리를 지껄일 간 큰 기레기는 아마 없을 것이다.

그랬다가는 영국 국민들의 준엄한 질타를 받을 뿐만 아니라 사회적인 매장을 당할 것이기 때문이다.

어쨌거나 정중히 물으니 어쩌겠는가! 내키지 않았지만 몇 마디 던져주지 않을 수 없었다.

"알파고와의 대국은 매번 아슬아슬했지요. 그럼에도 전승으로 끝낼 수 있었던 것은 더할 수 없는 행운이 깃들어서 그런 것이라 생각합니다. 나는…"

현수는 지극히 겸손하면서도 당당했다.

기자들을 열심히 받아쓰면서 한 번이라도 시선이 마주치길 바랐다. 그러면 삼생의 영광이라는 표정이었다.

그러거나 말거나 할 말을 마친 현수는 피곤하다는 핑계를 대고 룸으로 돌아왔다.

벌떼처럼 다가와 추가 질문을 던졌지만 경호원들에 둘러싸여 이동하는 현수를 제지하지는 못하였다.

"어휴! 고생 많으셨어요."

"오늘 승리를 축하드려요."

"정말 정말 잘 하셨어요."

"진짜 멋지셨어요."

"피곤하시죠? 욕조에 물 받을까요?"

문을 열자 꽃목걸이를 들고 다가온 지윤, 밀라, 올리비아, 이화, 그리고 아델리나가 한마디씩 한 말이다.

"어! 그래. 일단 찬물 한잔 주고, 욕조에 물도 부탁해. 출출하니 간식이나 과일도 챙겨주고."

"넹!"

"네~에!"

"잠시만요."

다들 흩어지고 지윤만 남았다. 굳이 제1 왕후까지 움직일 일이 아니기 때문이다.

다정한 표정으로 한 발짝 다가선 지윤은 부드러운 손길로 보타이[19]를 풀어준다. 격식을 갖추느라 매본 것이다.

"고생하셨어요."

"고생은 무슨…."

"축하드리는 마음으로 파티 준비했어요."

"파티? 어디서?"

19) 보타이(bow tie) : 펼쳐진 나비의 날개 모양으로 가로로 짧게 매는 넥타이

"보는 눈들이 너무 많으니 여기든 저택이든 둘 중 하나에서 해야 할 것 같아요. 어디가 좋겠어요?"

"그래? 그럼 뭐 여기서 하지. 번거롭잖아."

"네에. 알겠어요. 준비할게요."

지윤이 현수의 상의를 받아들고 물러나자 기다렸다는 듯밀라가 찬물이 담긴 컵을 건넨다.

"땡큐!"

"네에."

뭐가 부끄러운지 살짝 몸을 꼬고는 물러난다. 뒤를 이어 올리비아가 쿠키와 과일이 담긴 접시를 가져온다.

"이 망고 되게 맛있어요."

벨라루스에선 먹기 힘든 과일이고, 맛이 괜찮았나보다.

"그래. 잘 먹을게."

"네에."

올리비아도 몸을 꼰다. 아무래도 한국 드라마가 멀쩡한 아가씨 둘을 망가뜨린 듯 싶다.

한편, 욕조에 물을 틀어놓고 나온 아델리나는 식탁 앞에서 지윤을 거들고 있다. 술과 음료, 그리고 각종 마른안주들을 챙기고 있었던 것이다.

한편, 이화는 주방에서 뭘 만드는 모양이다.

문득 칼질하는 소리가 들려온다.

능숙함이 느껴질 정도로 리드미컬하다. 공부만 하던 이화가 무슨 안주를 만들고 있는지 궁금했다.

"대체 뭘 만들어? 뭐, 많이 차리려고?"

"아뇨! 그냥 칵테일 안주라 별거 없어요."

"칵테일 안주?"

"네! 그냥 그런 게 있어요."

"그냥 그런 거? 뭐지?"

"기다려보세요. 맛있는 거 만들어드릴게요."

현수는 모르지만 지윤을 비롯한 왕후 후보들은 바하마 리조트 수석 셰프를 초빙하여 요리를 배우고 있다.

사랑하는 사람을 위한 요리를 배우느라 하루가 반나절 같이 지난다며 깔깔거리면서 친해지는 중이다.

"어라? 어디에 있지? 흐음, 어디에 있나? 어? 안 보여."

중얼거리던 설이화가 지윤에게 묻는다.

"언니! 혹시 핸드폰 못 보셨어요?"

"핸드폰? 조금 전까지 쓰지 않았어?"

"네, 그랬던 거 같은데 안 보여서요."

"에고, 잘 찾아봐."

"네에."

설이화는 식재료 포장지 등으로 잔뜩 어질러져 있는 식탁 위를 뒤적인다. 그러다 칵테일새우 포장지 아래에서 딱딱한 것을 집어 든다.

"아! 여기 있네요. 엥? 근데 왜 이거 왜 이래?"

"왜? 뭐가 문젠데?"

"씨이, 배터리 또 나갔나 봐요."

설이화는 휴대폰은 탁탁 두드려보고는 전원을 다시 켜본다. 하지만 모두 방전된 것이 켜질리 없다.

"언니! 충전기 어디에 있는지 아세요?"

"왜? 배터리 또 나갔어? 그러니 작작 쓰라니까."

설이화에게 휴대폰은 새로운 문명이나 다름없는 것이다.

북한에도 손전화가 없는 것은 아니다. 하지만 인터넷에 연결되지 않아 제대로 된 스마트폰이라 할 수 없다.

그러다 지윤의 휴대폰을 만나게 되었다. 마음씨 너그러운 지윤은 본인의 폰을 마음껏 쓰도록 했다.

메시지를 확인하거나 통화를 할 때 외에는 거의 쓰지 않으니 빌려줘도 불편하지 않기 때문이다.

어쨌거나 새로운 문명을 만난 설이화는 끊임없이 휴대폰을 학대했다. 하루 종일 동영상을 시청하거나 음악을 감상했고, 현수에 관한 일화를 검색했다.

그 결과 하루에 한 번 이상 휴대폰이 뜨거워지곤 하였다.

그런데 지윤의 휴대폰은 사용기간이 꽤 되었고, 다들 알다시피 배터리는 소모품이다.

광고에선 10분 충전하면 최대 4시간 사용할 수 있다고 하지만 계속 사용하면 금방 방전된다. 하여 늘 충전기가 필요하다. 그런데 깜박 잊고 안 챙긴 모양이다.

"그 충전기 내 방에 있지 않았어?"

"네! 그랬던 거 같아요."

"그럼, 잠시만 기다려봐. 내가 찾아다 줄게."

"미안해요, 언니!"

"아냐! 뭘 이런 걸 가지고…. 괜찮아."

상호간의 호칭과 서열 정리가 끝난 모양이다.

1왕후	김지윤	한국
2왕후	조인경	한국
3왕후	올리비아 본다코	우크라이나
4왕후	밀라 유리첸코	벨라루스
5왕후	설이화	북한
6왕후	아델리나 다닐로바	러시아

조인경이 대학 선배이고, 나이도 한 살 많지만, 서열은 김지윤이 앞선다. 모스크바 데뷔탕트 때 공식적으로 선언한 바가 있기 때문이다.

나머지는 모두 나이순으로 결정되었다.

공식적인 자리라면 지윤을 칭할 대 예의를 갖춰 '1왕후 전하' 또는 '1왕후 마마'라고 정중히 불러야 한다.

하지만 사석에선 그냥 언니라 부르기로 했다. 한 남편을 모시는 가족이 되기로 한 때문이다.

아무튼 잠시 자리를 비웠던 지윤은 휴대폰 충전기를 들고 돌아왔다.

"이거 그냥 이화가 써."

"네! 언니. 고마워요."

이화는 얼른 충전기를 콘센트에 꽂고 휴대폰과 연결한다. 그리곤 조금 불편한 자세로 뭔가를 검색하고 있다.

양념 만들 때 뭐를 얼마나 섞어야 하는지 긴가민가해서 레시피를 확인하려는 것이다.

"아! 찾았다."

한동안 화면을 바라보던 이화는 얼른 일어나 간장, 식초, 다진 마늘, 물엿 등 여러 양념을 챙긴다.

한편, 이 모습을 보고 있던 현수는 도로시를 호출했다.

'도로시! 휴대폰 배터리 어떻게 되었어?'

'네? 배터리가 어떻게 되다니요?'

'신형 배터리 생산 안 해?'

현수가 말한 것은 아주 흔한 소재인 나트륨을 이용한 것으로 전고체이며, 충전과 방전을 거듭해도 웬만해선 용량감소 현상을 보이지 않는 것이다.

완전히 충전되면 설이화처럼 하루 종일 사용하더라도 45일은 유지된다.

24시간 내내 어플 20개 이상 실행되고, 가장 밝은 화면, 가장 큰 음량으로 사용했을 때가 45일이다.

지윤처럼 문자 확인과 짧은 통화만 하는 사람들은 6개월 이상 충전하지 않아도 된다.

이 정도면 충전이라는 개념을 망각할 수도 있다.

어쩌다 방전되더라도 걱정은 없다. 지정된 콘센트 근처에만 있어도 알아서 충전되기 때문이다.

무선으로 전력이 송수신되는 것이다.

참고로, 콘센트 지정은 최대 20개까지 가능하다.

이밖에 공공 WIFI처럼 정부나 지자체, 전력회사 등에서 무료로 제공하는 것은 별도의 지정 없이 사용할 수 있다.

서울 같이 인프라가 좋은 대도시에 거주하는 사람이라면 아예 충전이라는 개념을 잊고 살아도 된다는 뜻이다.

이 배터리의 특징은 사용 중 부풀어 오르거나 뜨거워지지 않으며, 화염과 폭발은 더더욱 발생되지 않는다.

바닷물이나 암염에서 추출된 소금이 원료이다. 현재의 기술로는 소금을 정제할 때 많은 오염물질이 발생된다.

희토류의 채굴 및 가공 과정에서 극악한 환경오염과 심각한 산업재해를 야기하는 것과 유사하다.

이실리프 왕국의 마법사와 정령사들은 이 과정을 생략시켰다. 먼저 속성별 정령들이 각각의 원료를 정제시킨다.

이를 일정 비율로 융합시키면 새로운 물질로 바뀐다. 그러면 전고체 배터리의 주요 원료가 준비된 것이다.

다음은 마법사들이 맡는다.

배터리 표면에 그려진 마법진을 활성화시켜야 비로소 제 성능을 갖게 되기 때문이다.

현재의 자동차 배터리는 차종에 따라 크기가 결정된다.

경차인 모닝과 마티즈에 사용되는 배터리 규격은 40AH이다. 가로세로 높이가 18.7/13.6/20.0㎝이다.

한편, 덩치가 훨씬 큰 25톤 덤프트럭에 사용되는 것의 사이즈는 51.0/27.5/21.8㎝이다. 필요한 출력이 다르기 때문에 크기가 다른 것이다.

어쨌거나 나트륨 배터리는 고용량이다.

그래서 경차에 사용될 것의 크기는 2.0/2.0/2.0㎝이고, 25톤 덤프트럭이라도 6.0/6.0/6.0㎝ 정도면 충분하다.

그런데 너무 크기가 작으면 양극과 음극 단자가 가까이 있게 되기 때문에 실제 크기는 현재 사용하는 자동차용 배터리보다 약간 작은 정도로 제조된다.

Chapter 13
—
역사가 이루어질 밤

전기차에 사용되는 리튬이온배터리 중 최고 제품은 대략 500회 충전을 기준으로 본다.

이 정도가 되면 성능이 약 70%로 떨어진다.

한 번 충전으로 300~400km를 주행한다고 가정하면 15만~20만km를 주행한 뒤엔 배터리 전체 교체를 고려해야 한다는 뜻이다.

한편, 나트륨 배터리도 약 500회 충전을 하면 성능이 저하되도록 제조된다.

제대로 만들면 훨씬 더 오래 사용할 수 있지만, 안전을 고려하여 일부러 다운그레이드하는 것이다.

한 번 충전으로 1,200~1,500㎞를 갈 수 있게 제작되니 60만~75만㎞를 주행할 수 있다.

웬만하면 폐차할 때까지 배터리 교체가 필요 없다는 뜻이다.

그런데 휴대폰은 필요로 하는 전력량이 자동차보다 훨씬 적다.

따라서 종잇장처럼 얇아도 된다. 그럼에도 연결단자 및 다른 부품 때문에 1.0/1.0/0.2㎝로 제조된다.

엄지손톱 크기인 것이다.

작은 고추가 맵다는 말이 있듯 용량이 짱짱하여 풀로 사용해도 45일은 쓸 수 있는 것이다.

'신형 배터리는 준비 중에 있어요.'

'왜 준비 단계지?'

'한창 다운그레이드 작업 중이라서 그래요.'

Y—에너지 배터리 사업부를 총괄하는 곽진호는 현재 열심히 공부 중이다.

도로시가 제대로 된 제조식을 주지 않은 때문이다.

원리만 알려주고 조금씩 발전해가는 모습을 지켜보기 위함이다.

참고로, 곽진호는 강연희의 남편이다. 임신 중독증 때문에 엄청 고생했었는데 그건 완전한 옛일이 되었다.

E—RG 덕분이다. 무협소설로 치면 환골탈태하게 되면서 신

체의 모든 이상이 바로잡힌 결과이다.

이미 출산했고, 아기는 더 없이 양호한 상태이다.

'아! 전기차 때문에?'

'네! 그거 준비하는 회사들이 많은데 압도적인 고성능이라 내놓으면 안 되니까요.'

미꾸라지들이 모여 치열하게 경쟁하는 곳에 수달이나 왜가리가 출현하는 셈이기 때문일 것이다.

참고로, 이들 둘은 민물 생태계의 최강자이다.

'그래. 그렇긴 하겠다. 알았어. 적당히 해서 내놔.'

'알겠어요.'

현존 휴대폰 배터리의 용량 평균은 약 3,000mAh이다.

도로시가 다운그레이드하여 내놓을 것은 동일한 크기지만 약 30배 용량을 가지게 될 것이다. 아울러 방전되었을 때 1~2분이면 완충되도록 만든다.

'그거 공장 외국에 세우면 안 되는 거 알지?'

'그럼요.'

국내 기업들이 외국에 공장을 설립하는 주된 이유는 극렬한 노동운동과 비싼 부동산, 그리고 인건비 때문이다.

이 밖에 관공서의 간섭과 각종 규제도 큰 이유이다.

한편, Y—Property는 필요한 부동산을 언제든 제공할 수 있고, 모든 공정은 일꾼 로봇에 의해 진행된다.

원자재 투입부터 시작하여 완제품 반출 및 배송까지 단 하나의 인간도 필요 없다.

이러면 몇 가지 이점이 있다.

노동조합을 신경 쓸 이유가 없으며, 제조기술이 외부로 유출되는 일을 고려하지 않아도 된다.

아울러 산업스파이와 해커를 신경 쓸 필요가 없다.

이러니 굳이 말도 안 통하는 외국에 공장을 설립해서 남 좋은 일을 해줄 이유가 없는 것이다.

'그거 한국과 왕국에 공급할 물량만 생산해.'

'엥? 수출은 안 하고요?'

'지금은 수출입이 차단된 상태잖아.'

'에고, 왕국을 통한 우회 수출은 가능해요.'

'내가 그걸 모르겠어? 그렇긴 해도 당분간은 수출 안 할 거야. 그러니 물류에 신경 써.'

'그 이유를 알 수 있을까요?'

'다운그레이드를 해도 훨씬 진보된 기술 맞지?'

'네! 그렇긴 해요.'

'그걸 외국에 보여줘서 좋을 거 없어.'

감탄하고 그치면 다행이지만, 질투를 느껴 기술을 훔치려는 시도가 있을 수도 있다.

이는 주로 관련 업계에서 벌일 일이다.

물론 기술 입수는 불가능하다. 산업스파이나 도둑질, 또는 해킹이 통하지 않는 상대이기 때문이다.

아무리 노력해도 안 되면 증오하게 된다. 자신이 속한 기업이 몰락할 것이 자명하기 때문이다.

한편, 배터리를 필요로 하는 기업들도 안달복달하게 된다. 경쟁사에서 사용하게 되면 큰일이기 때문이다.

예를 들어, 삼성 갤럭시에 신형 배터리가 장착되면 애플은 폭삭 망한다. 그럼 가만히 있겠는가!

모르긴 몰라도 미국 정부로부터 아주 강력한 압력이 들어올 것이다. 주한미군 철수 카드가 그중 하나이다.

2월 29일이 되면 대한민국의 주적이었던 북한이 역사 속으로 사라지고, 지나는 힘을 모두 잃은 상태이다.

언젠가는 반드시 멸망시켜야 할 일본이 남아 있지만, 현재의 전력으로 맞붙어도 지지는 않을 것이다.

따라서 대한민국에서 미군이 철수한다 하더라도 큰일은 일어나지 않는다.

다음 수순으로 한국에 무역제재를 가하는 한편 세컨더리 보이콧(secondary boycott)[20] 을 강요할 수도 있다.

이 역시 별 볼 일 없다.

당분간은 이실리프 왕국과의 교역만으로도 벅차기 때문이다.

다시 말해 미국과 무역을 하지 않아도 아쉬울 것 없다.

여러 압력을 넣어도 노리던 효과가 없으면 끝내 무력 침공

20) 세컨더리 보이콧(secondary boycott) : 제재 대상과 거래하는 제3의 국가, 기업, 금융기관, 개인까지도 금융제재를 가하는 제재 방식

을 가할 수도 있다.

미국과 전쟁을 하면 당연히 한국이 패한다. 그런데 현수가 가만히 보고만 있겠는가!

무인 스텔스 잠수함과 완전 자율비행 무인 경비정이 등장하게 된다.

미군은 이들의 존재를 전혀 눈치채지 못한 상태에서 완전히 궤멸당하게 된다.

이지스 항모 구축함인 충무함까지 등장하면 본토는 물론이고, 전 세계에 포진되어 있는 모든 미군기지가 사라진다.

하다 하다 안 되어 핵무기를 동원하려고 하면 대행성 무기인 광자포의 위력을 체험하게 된다.

히로시마와 나가사키가 핵폭탄을 경험한 것과 같다.

이것이 가동되면 반경 5.6㎞의 땅거죽이 완전히 작살난다. 지하 100m까지 완전히 뒤집히니 남아나는 게 없을 것이다.

이후엔 휴머노이드의 방문을 받는다. 전쟁과 관련된 모든 인간들을 척살하는 것이 임무이다.

그 결과 미국이라는 나라 자체가 제거된다. 국토는 초토화되고, 인구는 절반 이하로 줄어들게 된다.

이실리프 왕국의 사서(史書)를 보면 여러 전쟁이 있었다. 당연히 항상 승리했는데 어떠한 경우에도 포로는 없다.

다시 말해 누구든 이실리프 왕국과 전쟁을 벌이면 보이는 족족 다 척살한다.

처음엔 수괴들만 처리했는데 그랬더니 은밀한 곳에서 테러를 준비하곤 했다.

하여 언제부터인가 일벌백계의 의미로 그렇게 했다. 웬만하면 덤빌 생각 품지 말라는 뜻을 보여준 것이다.

그런데 세상엔 바보들이 많다.

그리고 인간은 분명 망각의 동물이다.

그러지 않으면 모든 고통과 슬픔 등을 생생히 느끼면서 살아야 하기 때문이다.

그래서 그런지 이실리프가 얼마나 강했는지, 도전했던 자들의 최후가 어땠는지를 잊은 무리들이 등장하곤 했다.

은밀히 힘과 세력을 키우다가 느닷없이 도발하곤 했는데 그 결과는 전원 사망이다.

이때부터는 일가붙이까지 모두 제거했다. 언젠가 복수하겠다고 나설 수 있으므로 아예 삭초제근한 것이다.

따라서 미국이 전쟁을 선포하면 몰살로 끝난다. 전투로봇들은 자비를 모르기 때문이다.

이들의 조준점은 항상 이마 한복판 또는 심장이다. 전투로봇을 만나면 무조건 사망이라는 뜻이다.

아무리 깊은 땅속에 숨어 있다 하더라도 전투로봇의 이목을 피할 수는 없다.

해운대 모래사장 깊숙한 곳에 꽂혀 있는 바늘도 찾아낼 능력이 있기 때문이다.

미국의 핵무기들은 이미 무용지물인 상태이다. 나머지 무기 및 병기들이 있지만 그걸 사용하는 순간 끝이다.

인간에게 지푸라기를 들고 덤벼드는 사마귀나 다름없기 때문이다.

아무튼 돈 몇 푼 벌어보겠다고 진보된 기술을 내놓는 것은 어리석은 일이 될 수도 있다.

괜한 적을 만드는 것이기 때문이다. 하여 최첨단 제품은 이 실리프 왕국에서만 사용한다.

예를 들어, 완전 자율주행 비행 전기차가 그러하다.

물리 법칙을 파괴하는 고도조절 반중력 물질이 적용되는 것을 이 시대에 어찌 세상에 내놓겠는가!

수직으로 이착륙하고, 비행으로 이동하니 도로가 필요 없는 매우 효율적인 운송수단이다.

그러다 목적지에 당도하면 승객 하차 후 알아서 허공에 주차되니 주차장도 필요 없다.

볼일 다 보고 리모컨으로 호출하면 알아서 위치 파악 후 내려온다.

주차 위치로부터 반경 3㎞가 호출 범위이다.

유사시를 대비하여 호출 위치가 수면(水面)일 경우엔 고도 3㎝를 유지한 채 멈춘다.

절벽 중간이라 차를 댈 곳이 마땅치 않으면 가장 탑승하기 좋은 위치에서 호버링(hovering)한다.

도로시의 관제에 따라 조종되므로 교통사고가 발생할 수 없다.

　따라서 보험회사가 필요 없으며, 과실비율 분쟁심의위원회 같은 것도 필요 없다.

　아울러 인간이 운전하는 것이 아니므로 면허증도 필요 없다. 게다가 자동으로 충전되니 연료비가 들지 않는다.

　이런 걸 세상에 내놓으면 누가 내연기관 차를 타겠는가!

　당연히 난리가 벌어지니 수출하지 않으려는 것이다.

　문제는 인접 국가들이다.

　오다가다 허공을 비행하는 것들을 보게 된다. 당연히 자신들에게도 공급해달라는 요청을 할 것이다.

　그럼에도 왕국에서 사용되는 것은 제공할 수 없다.

　대신 대폭 다운그레이드된 레벨 3 자율주행 전기차 정도를 수출한다.

　이것은 한국, 러시아, 벨라루스, 우크라이나, 콩고민주공화국 등 국경을 접한 우호 국가들에게만 제공된다.

　참고로, 자율주행 레벨 3는 자동차가 직접 조향, 가속, 감속, 제동 등을 스스로 할 수 있는 단계이다.

　사고 날 상황이면 알아서 피하므로 운전자가 주변 상황에 크게 신경 쓰지 않아도 된다.

　그럼에도 특정 위험 상황이 되어 자동차가 수동운전을 요청할 경우 운전대를 잡아야 한다.

한편, 왕국에서 사용될 완전 자율 비행전기차는 레벨 5이다.

인간의 개입이 전혀 필요치 않으므로 핸들, 브레이크 등이 없다. 탑승자가 목적지만 입력하거나 말하면 알아서 간다.

도착 후엔 알아서 허공에 주차되고, 필요시 호출하면 내려와서 다시 탑승할 수 있게 된다.

아무튼 완전한 레벨 3 자율주행 전기차는 우호 국가에서만 사용된다. 신차는 물론이고, 중고차라 할지라도 이들 국가를 통한 우회수출은 하지 못 한다.

이것 역시 산업계에 막대한 타격을 가하는 것이기 때문이다.

대신 현수와 관계없는 것이 개발되는 것이 있다면 이를 가지고 국제사회에서 경쟁한다.

다시 말해 미래기술이 없는 상황에서 만들어지는 것들은 수출이 허용된다는 뜻이다.

참고로, 무인 스텔스 잠수함과 완전 자율비행 무인 경비정, 그리고 추살 시리즈 등 국방 관련은 인접 국가에도 제공하지 않는다.

각종 무기 역시 현수와 관련 없이 개발된 것만 수출 가능하다.

'어제 인터넷에서 우연히 봤는데 매년 돌고래를 학살하는 축제가 있더라고.'

'네, 덴마크령 페로제도에서 700년 넘게 이어져온 그라인다 드랍(Graindadrap)이라고 불리는 축제가 있죠.'

'그래, 예전엔 외딴 섬이라 먹을 게 없어서 그랬다는데 지금은 아니잖아.'

'네! 시장에 내놔도 팔리지 않으면 해변에 그대로 버리죠.'

'그래서 말이야! 이 섬에 있는 모든 어선들을 없애.'

'알겠어요. 근데 언제까지요?'

*   *   *

'축제를 700년 이상 즐겼으니 앞으로 700년 동안!'

'네, 그대로 할게요. 어선만 그러는 거죠?'

'그래. 여객선은 그냥 둬. 근데 그걸로 조업을 하면 그것도 침몰시켜.'

'네! 알겠어요.'

'일본에서도 고래 학살하지?'

'네! 와카야마 현의 타이지 마을에서 매년 9월부터 이듬해 2월까지 많은 돌고래들을 학살하고 있죠.'

'흐음, 그럼 일본은 모든 선박을 침몰시켜.'

'네? 어선뿐만 아니라 모든 선박을요?'

'그래! 군함도 예외는 아니야.'

'잠수함은요?'

'잠수함도 군함에 속하잖아.'

'알겠어요.'

'흐음! 엘리디아 불러줄 테니 최대한 효율적으로 계산해서 빠른 시일 내에 처리해. 가장 먼저 돌고래 학살하는 것에 동원되는 배부터 침몰시켜.'

'내친김에 바람의 최상급 정령도 불러주세요.'

'그래. 실라디아도 불러줄게.'

자리에서 일어난 현수는 바람 쐬려는 척 베란다로 나갔다.

그리곤 물과 바람의 최상급 정령을 호출하여 방금 언급된 내용을 지시했다.

바람의 정령은 거센 풍랑을 만들고, 물의 정령은 흔들리는 배를 가라앉히는 임무를 맡기로 했다.

페로 제도보다 일본 쪽의 어선이 훨씬 많다. 하여 잠수함 등 군함은 휴머노이드에게 맡기기로 했다.

군함을 침몰시키면 많은 오염물질을 뿜어내게 된다.

하여 적당한 고장을 일으켜 기지로 복귀하게 만든 뒤 내부에서 EMP 폭탄을 터뜨려 고철로 만들기로 한 것이다.

'어선 침몰은 언제까지 유지할까요?'

'별도의 명령이 있기 전까지 계속!'

'해산물 섭취에 어려움이 많겠군요.'

'그것들은 굶어도 싸.'

'알겠어요.'

'최대한 빨리 처리하라고 해.'

'네! 그럴게요.'

며칠 후 일본은 유례없는 겨울 폭풍으로 난리가 빚어진다.

엄청난 바람이 불어와 바다와 항구에 정박해 있던 모든 어선들이 깨지기 때문이다.

일본의 역대 최대 순간풍속은 1966년 9월 25일 시즈오카현 후지산에서 측정된 값이다.

남남서풍이었는데 91.0m/s로 기록되어 있다.

2위는 1966년 9월 4일에 오키나와현 미야코지마에서 관측된 값이다. 85.3m/s로 기록되어 있는데 북동풍이었다.

3위부터 20위까지 기록을 보면 모두 8~10월이었다.

그런데 이번 겨울 태풍은 2월이다.

유례없는 일이라 매우 놀라운데, 더 놀라운 것은 최대순간풍속이 무려 141.3m/s를 기록한다는 것이다.

세상 모든 기상학자들이 기절할 일이다.

어마어마한 풍랑은 모든 선박들을 맞부딪치게 하여 작살내는 것은 물론이고, 해변 마을까지 초토화시키게 된다.

참고로, 이 바람은 오로지 일본 열도만 휩쓸 뿐 한반도에는 전혀 영향을 끼치지 않는다.

일본에는 거대한 재앙이 덮치지만 대한민국은 맑고 쾌청한 날씨가 지속된다.

하여 강 건너 불구경하듯 편안한 마음으로 해외 뉴스를 즐기게 된다.

지나 멸망 후 미세먼지 농도는 거의 항상 '매우 좋음'이다.

이런 상태는 앞으로도 계속 유지된다. 국내 발생 미세먼지까지 대폭 하락할 것이기 때문이다.

계절에 따른 태풍이나 폭설이 있기야 하겠지만 피해를 입히는 정도는 아니다. 가뭄은 없고, 폭염도 없다.

여름엔 적당히 덥고, 겨울엔 적당히 춥다.

수시로 비가 오기는 하는데 주로 이른 새벽에 쏟아진다. 그리고 그 양 또한 적당하다. 우산 장수 망하게 생겼다.

때때로 바람이야 불겠지만, 애써 키운 작물을 쓰러뜨리거나 과실수의 열매를 떨어트릴 정도로 세지는 않다.

짧아졌던 봄과 가을이 적당히 늘어나니 한반도는 세상에서 가장 살기 좋은 땅이 된다.

삼천리금수강산 전체가 춘하추동 뚜렷한 쾌적한 나라가 되는 것이다.

반면, 일본은 사시사철 거센 풍랑 때문에 어선을 띄울 수 없는 나라가 된다.

500톤급 이하는 연안을 벗어나기도 전에 침몰하게 되기 때문이다.

참고로 연안어업은 주로 10톤 이하 어선이 사용된다.

아무튼 큰 배를 만들어 출항한 뒤 어망을 내리면 곧바로 스크루에 휘감겨 표류(漂流)하게 된다.

누군가 잠수하여 감긴 어망을 제거해야 하는데 사망사고가 일어날 정도로 어렵고 위험한 작업이다.

아무튼 일본은 연안은 물론이고. 원양에서도 고기잡이를 할 수 없는 나라가 된다.

생선이 먹고 싶으면 육지에서 양식하거나 다른 나라에서 잡은 것을 수입해야 한다.

바닷가에서 낚시질을 하는 방법이 있기는 하다. 그런데 해변이라도 파도가 거칠어서 쉬운 일은 아니게 된다.

갯바위 낚시를 즐기다 자칫 파도에 휩쓸리게 되니 목숨을 걸어야 한다. 그럼에도 수확은 없을 것이다.

물의 정령이 물고기들을 일본 연안이 아닌 한반도 연안으로 몰아버리기 때문이다.

그래서 생선 값이 떨어진다. 덕분에 횟집에서 바가지를 씌울 수가 없게 된다.

그렇다 하여 잡은 생선이 썩어서 버릴 정도는 아니다. 이전보다 25% 정도 더 잡히는 것뿐이다.

아무튼 일본은 매해 여름마다 엄청난 폭우를 뿌리는 태풍이 연이어 덮칠 것이고, 겨울이면 계속된 폭설로 고립되는 마을이 생긴다. 몸을 가누기 힘들 정도인 지진은 덤이다.

이렇듯 온갖 재앙으로 몸살을 앓게 되는 것은 배사(背師)의

죄를 범한 때문이다. 배사란, 스승을 배신했다는 뜻이다.

백제는 일본을 불쌍히 여겨 여러 문물을 전수해주었다. 덕분에 짐승이 아닌 사람으로 살게 되었다.

그런 은혜를 입었음에도 한반도를 상대로 노략질을 거듭했고, 한때는 식민지로 삼았다.

그로 인한 피해는 말로 형언할 수 없을 정도이다.

그럼에도 아직까지 독도를 자기네 영토라 우기고 있으며, 역사 왜곡을 서슴지 않고 있으니 천벌 받아 마땅하다.

'이번에 가는 길에 전투기 등도 손 좀 보라고 해.'

'예? 전투기 등이요?'

'응! 조기경보기, 헬기, 공중급유기, 전자전기 등 항공자위대에서 쓰는 것들 전부.'

'어떻게 하라고 할까요?'

'무인기, 수송기, 훈련기까지 포함하여 EMP탄이면 될까?'

완전히 망가뜨리라는 뜻이다.

'그야 당연히 되죠. 초소형으로 준비할게요.'

도로시가 언급한 초소형 EMP탄은 전투기에 흔히 사용되는 볼트와 같은 모양이다. 길이는 3㎝ 가량이다.

자성을 띠고 있어 어느 곳에나 쉽게 부착되므로 유심히 살피지 않으면 존재 파악이 쉽지 않다.

볼트의 헤드 부분에 내장된 반응기가 신호를 받으면 일시에 초고압으로 응축되어 있던 전자기 충격파가 뿜어진다.

일종의 진폭이 작은 감마선이 일으키는 강력한 파동은 주변 전자기기에 과전류를 일으켜 영구적인 파손을 일으킨다.

그러는 동안 볼트 모양을 한 초소형 EMP탄의 외피가 삽시간에 증발되기 때문에 전혀 증거를 남기지 않는다.

완전히 밀폐된 곳이라면 공기에서 특정 성분을 검출할 수는 있지만 그게 EMP탄이었다는 증거는 없다.

게다가 전투기의 모든 전자기기가 작살났다는 것을 알게 되는 건 누군가 탑승했었다는 뜻이다.

콕핏(Cockpit)이 열렸다는 것은 전투기 내외의 공기가 섞였다는 것을 의미한다. 따라서 아무리 조사해도 원인 파악을 할 수 없을 것이다.

이로서 해상과 항공자위대에 대한 사형 명령이 떨어졌다. 향후 일본은 바다와 하늘을 활보하지 못하게 된다.

2차 세계대전을 일으킨 전범국이고, 패전국가이다. 따라서 해상과 항공자위대를 가질 수 없어야 한다.

자위(自衛)란 휴지를 준비한 채 문 잠가놓고 혼자서 뭘 한다는 뜻이 아니라 '스스로를 지킨다' 는 뜻이다.

그런데 바다와 하늘에서부터 막는 것을 허용한 것은 너무 너그러운 처사였다.

전범국가에게 국제법상 영해와 영공에 대한 권리를 100% 허용하는 것은 과하다는 뜻이다.

전쟁을 일으켰다 패배했으면 당연히 그에 합당한 페널티가 부과되어야 한다.

따라서 외부의 공격으로부터 스스로를 지키는 것은 오로지 육지에서만 허용되어야 한다.

그렇기에 육상자위대가 보유한 전차 등을 못 쓰게 만들라는 지시를 내리지 않은 것이다.

진즉에 이렇게 했어야 하는데 아무도 나서지 않았기에 이번 기회에 제대로 바로잡으려는 것이다.

'꼼꼼히 살펴서 제대로 하도록 해.'

'아이고, 그럼요! 걱정하지 마세요.'

'좋아!'

대답을 하고 안으로 들어서니 탁자 위에 뭔가가 차려져 있다.

"어디 가셨나 했네요."

"응! 아니, 바람 좀 쐬려고."

"네! 다 차렸으니 여기 앉으세요."

"그래!"

지윤이 가리킨 자리에 앉으니 그럴듯한 상차림이 보인다.

"오오! 이걸 다 직접 한 거야?"

"네! 이화하고 아델리나가 애썼어요."

"그래! 맛있어 보이네."

말은 이렇게 했지만, 구미를 당기는 데코레이션은 아니다.

애써 만들었지만 어떻게 음식을 그릇에 담아야 하는지는 아직 못 배운 모양이다. 그럼에도 얼른 포크로 모양을 흐트러 뜨렸다.

오늘의 요리사인 이화와 아델리나가 저쪽에서 오는 중이기 때문이다.

"어때요? 맛 괜찮죠?"

얼른 한입에 넣고 우물거렸다.

"응? 어, 으응! …쩝 …쩝 꿀꺽. 마, 맛있네. 맛있어."

말은 이렇게 했지만 몹시 짰다. 그럼에도 어찌 타박하겠는 가! 처음으로 만들어준 음식이다.

"어머! 그걸 그냥 드셨어요? 다 섞어야 하는데…. 짜지 않아 요? 방금 드신 것만 드셨으면 좀 짰을 텐데요."

이화의 눈은 컸고, 입꼬리는 살짝 아래로 내려와 있다. 몹 시 짠 걸 먹었을 때를 상상한 모양이다.

"응? 아, 아냐 괜찮아. 맛만 있는데 뭘."

"아! 조금 짜게 드시는구나. 그렇게 짜게 드시면 건강에 안 좋아요. 그러니 모두 섞어서 드셔요."

"전부 섞으라고?"

"네, 모두 버무려서 먹는 거예요. 양장피 아시죠? 그것처럼 섞으세요. 아! 잠시만요."

얼른 다가온 이화가 접시를 휘저어 섞었다.

"자, 이제 다시 드셔보세요."

"그, 그래!"

입에 넣고 씹어보니 확실히 괜찮다.

"와! 요리사 해도 되겠어."

"어머, 정말요?"

이화의 미간이 활짝 펴진다.

"그래, 맛이 있네. 확실히 괜찮아."

조금 전에 워낙 짜게 먹어서 그런지 이번엔 심심하다. 그래
도 어찌 맛없다 하겠는가!

"제 건 아직 안 드셨어요?"

이번엔 아델리나가 접시를 들이민다.

"이건 랍샤네."

"어머! 이거 아세요?"

"그럼, 많이 먹어봤어."

"오! 그래요? 그럼 한 술 떠 보세요."

랍샤는 면을 넣은 닭고기 수프이다. 맛이 괜찮고 만들기 쉬
워서 심심할 때 자주 해먹어봤다.

"그래. 후르륵!"

"면도 드세요."

"응! 후르륵! 쩝쩝."

일부러 소리 내어 뜨거운 국을 떠먹고 면을 씹었다.

살짝 덜 익은 면이 약간 딱딱한 느낌이었으나 전체적 평을
내리자면 90점 정도는 된다.

러시아 음식 중 한국인의 입맛에 가장 잘 맞는 수프이니 점수가 후할 수밖에 없다.

"어때요?"

아델리나는 본인이 가장 많이 해먹은 음식이니 어떤 평가가 나올지 기대된다는 표정이다.

"이거 맛 좋은데? 여태 먹었던 랍샤 중에 최고는 아니지만 세 손가락 안에는 드는 거 같아."

"아! 그래요?"

본인 것이 최고라고 생각했는지 살짝 실망하는 표정이다. 어찌 그냥 두겠는가!

"첫째는 크렘린 궁 수석요리사가 만든 거고, 둘째는 붉은 광장 근처의 포시즌즈 호텔 수석 셰프가 만들어 준 거야."

"어머! 정말요?"

대번에 표정이 밝아진다. 러시아 최정점에 있는 두 요리사보다는 당연히 못 할 것이라 생각하는 모양이다.

"응! 아주 맛있네. 안주가 좋아서 술이 술술 넘어가겠어. 자아, 이제 파티를 시작해볼까? 다들 편하게 앉아."

"네에!"

일제히 합창을 하곤 사전에 약속된 자리에 앉는다.

지윤은 당연히 현수의 왼편에, 막내인 아델리나가 오른편에 자리 잡는다. 설이화는 맞은편에 밀라와 올리비아는 좌우에 앉는다.

그리곤 다들 눈빛을 교환한다. 뭔가 아주 발칙한 음모를 꾸미는 눈빛이다. 현수는 이를 보지 못하였다.

그래서 오늘 밤, 역사가 이루어질지도 모른다.

『전능의 팔찌』 26권에 계속…